C. A. PRESS

EL HOMBRE QUE TARDÓ EN AMAR

Con una agilidad narrativa que no da tregua ni decae, Silvia Núñez del Arco nos seduce con esta historia cargada de romance y erotismo. Reconocida por sus primeras novelas y sus irreverentes apariciones en el programa de Jaime Bayly, esta joven escritora, que se ha convertido en la sorprendente voz literaria de su generación, nos demuestra su maestría para contar una historia de grandes pasiones amorosas, llamada a causar admiración en el mundo literario. Silvia nació en Lima y vive en Miami. Tiene dos novelas publicadas: *Lo que otros no ven* y *Hay una chica en mi sopa*. Esta es su tercera novela.

EL HOMBRE QUE TARDÓ EN AMAR

una novela

Silvia Núñez del Arco

C.A. PRESS
PENGUIN GROUP (USA)

C. A. PRESS
Published by the Penguin Group
Penguin Group (USA) Inc., 375 Hudson Street, New York, New York 10014, U.S.A.
Penguin Group (Canada), 90 Eglinton Avenue East, Suite 700, Toronto, Ontario,
Canada M4P 2Y3 (a division of Pearson Penguin Canada Inc.)
Penguin Books Ltd, 80 Strand, London WC2R 0RL, England
Penguin Ireland, 25 St Stephen's Green, Dublin 2, Ireland
(a division of Penguin Books Ltd)
Penguin Group (Australia), 707 Collins Street, Melbourne, Victoria 3008, Australia
(a division of Pearson Australia Group Pty Ltd)
Penguin Books India Pvt Ltd, 11 Community Centre, Panchsheel Park,
New Delhi – 110 017, India
Penguin Group (NZ), 67 Apollo Drive, Rosedale, Auckland 0632, New Zealand
(a division of Pearson New Zealand Ltd)
Penguin Books, Rosebank Office Park, 181 Jan Smuts Avenue,
Parktown North 2193, South Africa
Penguin China, B7 Jaiming Center, 27 East Third Ring Road North,
Chaoyang District, Beijing 100020, China

Penguin Books Ltd, Registered Offices:
80 Strand, London WC2R 0RL, England

First published by C. A. Press, a member of Penguin Group (USA) Inc. 2012

10 9 8 7 6 5 4 3 2 1

LIBRARY OF CONGRESS CATALOGING-IN-PUBLICATION DATA
Núñez del Arco, Silvia, 1988–
El hombre que tardó en amar : una novela / Silvia Núñez del Arco.
p. cm.
ISBN 978-0-14-242739-2
I. Title.
PQ8498.424.U54H66   2012
863'.7—dc22   2012034613

Printed in the United States of America

PUBLISHER'S NOTE
This is a work of fiction. Names, characters, places, and incidents either are the
product of the author's imagination or are used fictitiously, and any resemblance to
actual persons, living or dead, businesses, companies, events, or locales is entirely
coincidental.

ALWAYS LEARNING   PEARSON

A Jaime y Zoe

EL HOMBRE QUE TARDÓ EN AMAR

uno

Recuerdo perfectamente la noche en que quedé embarazada.

Como casi todas las noches, Daniel había venido a mi departamento. Tomamos mucho vino. Habían pasado tantas cosas que ambos lo necesitábamos.

Él caminaba en círculos y me hablaba de algo que ahora no recuerdo y yo estaba sentada en el piso, con la espalda apoyada en mi closet, mirando mi pantalón de buzo y hablando cosas que tampoco recuerdo.

Unos minutos después estábamos uno encima del otro besándonos como dos delincuentes que celebran su primer robo a un banco. Así acordamos, entre besos cómplices y niebla limeña, que esa noche no nos cuidaríamos. Él terminó adentro mío y aunque no era la primera vez que lo hacíamos sin condón, yo sentí que esta vez iba a ser diferente.

Cuando terminamos, me abrazó por detrás y hundió la nariz en mi pelo. Nos quedamos echados un rato así. Estábamos por quedarnos dormidos cuando sonó un celular. Era el de él. Ambos nos sobresaltamos. Su celular casi no sonaba y menos a esa hora. Daniel saltó de la cama y revolvió entre su ropa buscando el celular en uno de los bolsillos de su saco. Contestó. Puso el altavoz y escuché la voz de una mujer:

—¿Ya vienes a la casa?

Me quedé helada. Nunca antes había llamado una mujer a preguntarle cuándo iba a "la casa". Enseguida supe que se trataba de su esposa.

Él dio una respuesta breve:

—Sí, ya voy en un rato —y colgó.

Me senté en la cama. Preferí no hacer preguntas.

Él me miró en silencio. Por primera vez vi algo de culpa en sus ojos. Se puso la ropa, me dio un beso largo y se fue.

Volví a la cama. Me quedé angustiada. No pude dormir.

En todas las veces que habíamos estado juntos, nunca había llamado su mujer. Y aunque ella sabía de nosotros la llamada había dejado una sensación sombría.

dos

Me miré al espejo. "Esto no va", pensé. Odié mi ropa, odié mi pelo, odié mi rostro pálido y ojeroso. Era mediodía. Tenía una cita en media hora y me veía fatal. Inseguridad. Crisis. Ganas de tener otro cuerpo. Había comenzado a alistarme con dos horas de anticipación (porque sabía que esto pasaría, que la crisis llegaría), y lejos de sentirme bonita, me encontré desarreglada, corriente. Jeans ajustados, blusa blanca, zapatillas Converse marrones. El pelo castaño ondulado me caía sobre los hombros y me llegaba a la mitad de la espalda. Acababa de secarlo con la secadora. Me había puesto algo de maquillaje, lo suficiente como para disimular las ojeras del insomnio de la noche anterior, pero no tanto como para que pareciera que me lo estaba tomando en serio.

"Bueno, Micaela, esto es lo que eres", me dije poniéndome el bolso al hombro. "O me toma o me deja", dije mientras salía de la casa de mis padres, como si me estuviera amenazando a mí misma, como si el asunto me diera igual, como si tuviera otras opciones, preparándome para que la cita fuera una decepción y él no quisiera volver a verme más. "Sé natural, sé tú misma, que no parezca que estás nerviosa, relájate", dije casi en voz alta, ya en la calle, y estiré la mano a la espera de un taxi.

Llegué al McDonald's cerca del enorme edificio gris que alguna vez fue mi universidad. Había dejado de serlo porque hacía cuatro años me había graduado de la facultad de fotografía. Ahora trabajaba como fotógrafa en una revista llamada *Modas*. Me sentí rara en ese lugar donde había ido a comer tantas veces entre clase y clase. No pude sentir mucho más, porque enseguida vi entrar su camioneta negra al estacionamiento. Él iba a bordo, con la mano sobre el timón, los lentes oscuros. El corazón empezó a latirme de prisa, sentí que se me ablandaban las rodillas y mientras él se acercaba comencé a hacer mis ejercicios de respiración. Crucé los brazos sobre el pecho para que no fuera tan notorio el temblor de mi cuerpo. Sentí la cara dura. No pude sonreír. Me sentí pequeña, muy pequeña. Me pregunté qué era ese remolino que estaba dando vueltas en mi pecho y por qué había aceptado salir con un hombre que no solo tenía este efecto devastador sobre mí, sino que además estaba casado.

Me subí a la camioneta y lo saludé con un beso fugaz en la mejilla. Me puse más nerviosa al sentir su olor.

—Perdona que te cité en este lugar espantoso.

—No, está bien —le dije—. Siempre me han gustado los contrastes.

"¿Ah? ¿De dónde salió eso, Micaela? Si vas a hacerte la graciosa, más vale que lo hagas bien", pensé.

Hizo un gesto de extrañeza y luego aceleró. Manejó sin hablarme y sin siquiera decirme a dónde íbamos y por un momento tuve miedo, pero luego pensé que, como él era famoso, no podría hacerme casi nada que no apareciera al día siguiente en los periódicos. Guardé silencio. Y lo dejé manejar. Además, no le tenía miedo sino ganas.

Ya me estaba calmando cuando entramos al estacionamiento subterráneo de un hotel, lujoso pero discreto. El corazón se me volvió a encoger. Me quedé paralizada, sin saber a dónde mirar, o qué decir. Él apagó el motor y se quitó el cinturón y me dijo:

—No te preocupes, solo vamos a comer.

Volví a respirar. Pero me di cuenta de que mi parálisis general había sido evidente. Retomé los ejercicios de respiración.

—Gracias por venir —me dijo mirándome a los ojos, ya sentados en la mesa privada que había reservado—. Tenía muchas ganas de verte.

—No, gracias a ti por invitarme. Yo también tenía ganas de conversar contigo. Aunque hayas conseguido mi teléfono de esa manera rara.

De pronto pareció incómodo. Era la segunda vez que sentía que no entendía mis bromas.

—¿Te molestó?

—No, para nada, pero no todos los días voy a cubrir una obra de teatro y esa noche misma noche el actor principal me llama al celular —dije, tratando de sonreír.

—Ah, claro, ya entiendo. Es que me gustaste mucho —dijo, y su mirada se endureció—. Sentí que quería conocerte en privado.

"Oh por Dios, díganme que no me está diciendo esto, alguien pellízqueme", pensé y me puse roja enseguida.

tres

Parpadeé varias veces. Me miré al espejo. Miré mi rostro asustado y sentí el corazón latiéndome. Miré las cinco pruebas de embarazo sobre la repisa del lavamanos, una al lado de la otra, todas con dos rayas rosadas:

¡Positivo! ¡No había vuelta atrás! ¡Positivo!

Salí del baño y fui a la sala y comencé a dar vueltas alrededor de la mesa del comedor. Me dejé caer en uno de los sofás.

Lo llamé.

Timbró una, dos veces.

—Hola Micaela.

—¿Puedes venir ahora después del teatro? Tenemos que hablar.

Y él, como si me conociera mejor que mí misma, o como si lo hubiera estado esperando:

—¿Estás embarazada?

Esa noche vino al departamento y nos sentamos en mi cama a conversar. Le mostré las cinco pruebas que había comprado en

6

la farmacia, todas dieron positivo, le mostré la prueba de sangre que acababa de hacerme en el laboratorio de la clínica más cercana, positivo también, cuatro semanas de embarazo.

—Ahora sé por qué no me venía la regla —murmuré.

Él sonrió de medio lado. No parecía particularmente contento. A decir verdad yo tampoco. Ambos seríamos padres por primera vez y después de haber jugado con fuego durante semanas, por fin habíamos conseguido asustarnos.

Él se sentó en el asiento de cuero rojo que compramos juntos en una tienda de colchones. Lo habíamos subido ambos por las escaleras, lo habíamos arrastrado por el parqué (la vecina de abajo llamó al intercomunicador quejándose a gritos porque íbamos a abrirle un hueco en el techo) y lo habíamos puesto al lado de mi cama.

Se sentó, cruzó las piernas y dijo que tenía que decirme algo que podía molestarme pero prefería ser sincero. Pregunté qué era y dijo que lo mejor era que no me hiciera ilusiones con él. Había querido tener un hijo conmigo y le alegraba la noticia, porque había sido una frustración no haber tenido hijos con su esposa, pero eso no significaba que fuéramos a casarnos ni a vivir juntos. Sí, él y su esposa ya no tenían sexo, dormían en cuartos separados, pero no estaba seguro de querer divorciarse y terminar de mala manera con ella.

Me tomó todo por sorpresa. En el último tiempo me había dado algunas señales de que quería alejarse de su esposa. Pero ahora parecía haber cambiado de opinión.

—¿Te acuerdas que la otra noche me llamó al celular?

—Sí —respondí, con los ojos bien abiertos.

Traté de estar tranquila. Yo sabía que Daniel ya no estaba enamorado de Bárbara, pero no sabía si ella seguía enamorada de él. Suponía que no, porque ella sabía perfectamente que su esposo y yo nos veíamos en mi departamento o en algún lugar tranquilo. Yo sabía que ella gozaba en silencio de más comodidades de las que cualquier esposa pudiera imaginar: viajes a Europa con sus amigas, autos Audi último modelo, relojes Cartier, ropa de marca. En mis malos momentos pensaba que esa era la razón por la que no había querido divorciarse.

Sabía también que entre ellos el deseo se había extinguido al poco tiempo de casarse y por eso habían decidido dormir en cuartos separados, dejar de hacer el amor y buscar en otra parte su felicidad sexual. ¿Por qué seguían casados? Hasta ese momento para mí era un misterio.

–Quiero que sepas que Bárbara se ha mudado al piso de arriba. Se mudó hace dos semanas, a raíz de las fotos que salieron de nosotros comiendo en el hotel.

Asentí con la cabeza. Hacía dos o tres semanas un fotógrafo de una revista de chismes nos había tomado a Daniel y a mí unas fotos comiendo en un hotel lujoso. No eran fotos obscenas, pero sí escandalosas, porque era la primera vez que un paparazzi le tomaba fotos a Daniel mostrándose cariñoso con una mujer que parecía ser su novia y que no era su esposa.

–Bárbara ya sabía de nosotros, eso lo sabes, pero al parecer las fotos le afectaron mucho. Me llamó al celular llorando. Me dijo que la había humillado frente a todo Lima. La noté muy ofuscada y me fui a la casa a toda velocidad y cuando entré a su cuarto vi que había pintado las paredes con insultos contra mí. Me dio miedo de veras, pensé que estaba muy descontrolada y si algo le pasaba nunca iba a poder quitarme la culpa de encima. Entonces la tranquilicé, le dije que yo no había llamado a ese fotógrafo, que no le diera tanta importancia a cuatro fotos tomadas desde lejos, que tratara de estar bien, que no era el fin del mundo, que nada de lo que sucediera entre nosotros iba a cambiar mi cariño por ella, que seguiríamos siendo esposos y amigos y viviendo juntos, aunque durmiendo en cuartos separados.

Yo escuchaba todo eso con bastante sobresalto.

–Le serví una manzanilla y cuando se tranquilizó, me dijo que le daba vergüenza llamar a un pintor para que volviera a pintar de blanco las paredes, que quizás el pintor podía llamar al programa de chismes de La Duquesa y contarle que la esposa de Daniel Hall había tenido un ataque de celos y que no quería pasar por semejante vergüenza pública.

–Entonces ¿en qué quedaron?

–No lo sé, no está claro. Por el momento Bárbara dice que quiere estar sola. Pero tampoco quiere divorciarse. Se ha mudado al piso de arriba del mío. No sé si sabes esto, pero cuando nos mudamos al edificio, yo compré dos departamentos. Compré uno para mí y el otro pensando en alquilarlo para tener una renta cuando me retire de la actuación. Tenía el departamento de arriba amoblado, buscando un inquilino, pero ahora Bárbara se ha instalado allí, mientras se va acostumbrando a la idea de que lo nuestro ahora es público y yo busco discretamente un pintor que arregle el desastre que hizo en las paredes de su cuarto. Además, todavía no sabe que estás embarazada y prefiero que siga en el piso de arriba cuando se entere.

–¿Cuándo se lo vas a decir?

–No lo sé.

Me quedé en silencio. De pronto parecíamos peleados. Era raro sentirme así. Yo siempre había tenido la idea de que Daniel era un hombre solo, formalmente casado pero en la práctica, solo. De pronto me recordaba que estaba casado y daba la impresión de que yo estaba rompiendo un matrimonio feliz.

Entonces sonó el celular. Daniel buscó en su bolsillo. "Es ella", me dijo, con el celular en la mano. No contestó. Lo dejó sonar un rato. Volvió a sonar al cabo de un silencio.

cuatro

—No fue tan raro. Solo le pedí a mi asistenta que llamara a la revista *Modas* y preguntara el teléfono de la fotógrafa que enviaron al estreno de la obra. Ya me habías dicho tu nombre, así que no fue tan difícil.

Me quedé en silencio. Me molestaba sentir que no podía controlarme, que mi cuerpo cobraba una vida independiente de mí cuando este hombre estaba cerca. Ya me había pasado mientras le hacía fotos a la salida del teatro. Pero ahora, claro, era bastante más intenso.

—Micaela, antes de ser amigos, hay algo que quiero que sepas. Yo estoy casado, pero tengo un acuerdo con mi mujer para acostarme con quien yo quiera.

"¿Amigos?", pensé. Luego miré mis dedos apoyados sobre la mesa, pude advertir que temblaban. Apreté la mano en un puño y la escondí bajo la mesa. Volví a ponerme roja. No entendí por qué me decía todo eso. Quise hacerme la difícil:

—Muy valiosa información, pero ¿a qué viene todo esto?

—A que tú me gustas, Micaela.

"Mátenme. Alguien máteme ahora".

–Señor Hall, bienvenido, qué agrado tenerlo de vuelta por acá –dijo el mozo, interrumpiendo, y dejándonos la carta a los dos.

–¿Qué vas a tomar? –me preguntó en tono amigable, como si no hubiera dicho nada que me desarmara.

"¿Tomar? ¡Apenas puedo pensar!", pensé y me quedé en silencio. Me molestó sentir que él daba por hecho que a mí también me gustaba. Estaba acostumbrada a chicos que se hacían los distraídos con el tema y luego te sorprendían con un beso, que guardaban cierto misterio, que no te lo decían todo de una. Estaba acostumbrada a que los chicos me tuvieran miedo, a ejercer un poder sobre ellos. Por otra parte la información que acababa de darme sobre la relación con la esposa era en extremo valiosa. Íbamos rápido, pero las palabras no sobraban. Era como si él hubiera hecho lo mismo muchas veces.

–¿Y cómo estás tan seguro? –le pregunté.

–¿De qué? ¿De que me deseas?

"En serio, deberían ponerle una multa a esta hombre por hablar tan claro. ¿Dónde estaba su cuota de romanticismo?"

–Sí, de eso –dije, sintiendo que la cara me quemaba y sonriendo como una tonta.

–Bueno, si no fuera así, entonces no estarías aquí, ¿no crees?

Era un hombre tan encantador que no solo acababa de dispararme en medio del pecho sino que había logrado que la frase no sonara arrogante.

Tomamos vino blanco y comimos panes con queso caliente y conversamos de otros temas más tranquilos. Le conté de mi trabajo, que vivía con mis padres, la creciente distancia entre nosotros, su decepción con mi decisión de ser fotógrafa. Él no habló mucho, no contó nada suyo, la única vez que hizo referencia a un tema personal fue cuando me habló del acuerdo de libertad sexual con la esposa. Por supuesto, yo tenía muchas preguntas al respecto. Pero no encontré el momento ni el coraje para hacerlas. La conversación fluyó en torno a mí y a mi vida. De vez en cuando él me miraba fijamente, como si su cabeza estuviera en otra parte, como si estuviera teniendo una fantasía erótica conmigo. Yo bajaba los ojos y me sacudía la blusa para dejar entrar un poco de aire, porque la piel me ardía cada vez más al sur.

Llegó el momento de irnos. Él pagó la cuenta, nos paramos y cuando estábamos por entrar al ascensor para bajar al sótano, se detuvo y me dejó pasar primero y sentí su mirada sobre mi cuerpo, como si me tocara de arriba abajo, de abajo arriba.

La puerta del ascensor se cerró. Volvió a mirarme con esos ojos azules que me ponían a temblar.

—Tienes un cuerpo muy lindo.

—Tú también —respondí casi sin pensar—. ¿Haces deporte?

—Natación y un poco de gimnasio en mis ratos libres —respondió sin quitarme la mirada de encima.

La copa de vino me dio coraje y lo miré en la entrepierna. Me gustó el bultito. Imaginé lo que había detrás. Me mordí el labio. La tensión erótica se hizo insoportable. Él se inclinó hacia mí y pasó una mano por mi trasero, me acarició fugazmente y luego hizo un ruido parecido a un gemido y cuando ya estaba a punto de abalanzarme sobre él la puerta se abrió y nos descubrimos de nuevo en el estacionamiento.

Subimos al auto. El silencio se hacía sentir. Ya no queríamos hablar sino follar. Él me tomó de la mano y me besó los nudillos, y sentí su lengua rozándome la piel. La espalda se me arqueó levemente.

—¿Subimos? —me dijo mirándome a los ojos, con los labios separados.

Lo volví a mirar en la entrepierna. Se le había puesto dura. Subimos.

cinco

A la mañana siguiente, Daniel me llamó al trabajo. Estaba sobresaltado. Acababa de colgar con su representante. Le había dicho que una de las enfermeras de la clínica en la que me estaba atendiendo llamó a La Duquesa, el programa de chismes más visto de la ciudad, y le contó que nos había visto a Daniel y a mí saliendo del consultorio del doctor Zegarra.

Era verdad. El día anterior había estado con Daniel en la clínica buscando al mejor doctor para embarazos.

–Sabe que soy el papá. Esta noche La Duquesa lo va a contar todo en televisión.

Me quedé en shock por unos segundos. Imaginé a La Duquesa contando todo eso en su programa de televisión, agitando una copia de la prueba de embarazo que me hice en la clínica.

–¿Qué propones? –le dije, asustada.

–Bueno, si ya alguien lo va a decir en televisión, quizá sería mejor que lo dijéramos nosotros, ¿no crees? Si al fin de cuentas es un hecho del que todos se van a enterar. Sabe Dios qué dirá La Duquesa, qué versión de la historia le habrán contado.

Sería mejor si le digo a mi representante que nos arregle una entrevista con ella para esta noche.

–¿Yo en la tele? ¿Estás seguro? ¿Pero y Bárbara? ¿No será mucho?

Estaba realmente agitado.

–No. No estaba en mis planes contarlo en público, pero dado que de todos modos va a salir en televisión, creo que es mejor que salga de mi propia boca. Si quieres no vengas, pero yo sí siento que debo decir algo al respecto. Bárbara es mi esposa, pero el bebé que está en tu barriga es mi hijo. No quiero que sientan que me escondo, que me avergüenzo de mi bebé o de ti. Eso de ninguna manera. Bárbara va a tener que entender. Va a haber gente que me va a odiar, pero bueno, uno no puede caerle bien a todo el mundo. Ahora tengo que elegir entre mi hijo y mi esposa a la que ya no amo, y ya te dije qué es lo que pienso. Si no quieres venir no vengas, pero quizá con esto Bárbara entienda que debe dar un paso al costado, darme el divorcio y quedar como amigos.

Ahora parecía haber cambiado de nuevo de opinión. Ya no parecía tan asustado. Ahora parecía dispuesto a dejarla ir. Me sorprendió el radical cambio de opinión, pero entendí que estábamos en una situación límite. Tenía razón. No podíamos dejar que lo comentasen en otros programas y no decir una sola palabra nosotros. No podíamos fingir que nuestro bebé no existía a pesar de lo que iban a decir en La Duquesa y los demás programas de chismes. Se trataba de elegir entre esconder a nuestro bebé o hacer feliz a Bárbara. Y felizmente coincidíamos los dos.

Esa noche vino a buscarme para ir a la televisión. Amaba verlo de traje y corbata. Cuando entré al canal la gente me miraba.

No pude evitar sentirme nerviosa. El chisme había circulado. Todos sabían que era la novia o la amante y que estaba embarazada. No me felicitaban, pero yo sentía que estaban al tanto. La representante de Daniel, una señora mayor, entrada en carnes y lentes cuadrados, me sonrió, me llevó al cuarto de maquillaje y, mientras otra señora mayor me echaba polvo en la cara sin entusiasmo, como si estuviera pasando el plumero por un florero sin valor, me dijo que quería conocerme hacía tiempos, que Daniel le había hablado mucho de mí.

Dicen que uno conoce a las personas en situaciones límite. Yo, esa noche, cuando me senté en el estudio de televisión y las luces se encendieron, sentí una vez más que estaba con el hombre correcto.

—Cuéntanos, Micaela, ¿cómo te enteraste de que estás embarazada? —me preguntó La Duquesa desde su silla giratoria.

Daniel estaba sentado a mi lado con los brazos cruzados. Parecía una señal de confianza en sí mismo. El estudio era grande, con muchas luces que se veían del techo. Había una pequeña plataforma en forma de cuadrado bajo nuestras tres sillas giratorias marrones. Debajo de la plataforma salía una especie de luz roja y el fondo estaba lleno de figuras de colores.

—Bueno… —respondí, fingiendo algo que nunca se me ha dado con naturalidad, que es delicadeza al hablar—. No me venía eso que nos viene todos los meses a las mujeres… Entonces fui a la farmacia y compré una prueba de orina y me salió positivo. Mi primera reacción fue pensar "esto está fallado". Entonces compré otra y otra y otra y a la quinta prueba, cuando la puse al lado de las demás y las vi en fila, me di cuenta de que estaba muy embarazada.

Daniel y la gente del estudio soltaron una carcajada y yo

sonreí como un monito cuando le celebran sus bromas. Entonces Daniel tomó la palabra, como si supiera que La Duquesa no tardaría mucho en tocar el tema de su esposa.

–Y entonces qué hiciste... me llamaste, ¿no? ¿Y yo cómo reaccioné?

–Supongo que al principio te quedaste un poco en shock, como yo, pero luego me dijiste que era una cosa muy buena, que era algo que habías venido esperando durante meses.

–Lo dije y lo repito –siguió él, con un leve tono de exageración, quizá por estar en televisión–. Me siento muy orgulloso de tener un hijo contigo. No he podido tener hijos con mi esposa, a quien siempre voy a querer mucho. Pero ella siempre estuvo al tanto de nuestra relación y no estoy dispuesto a ocultarlo ante nadie: me he enamorado de ti y quiero tener un hijo contigo.

Ese fue el momento en el que yo sonreía mirando para abajo como una tonta. Como si fuese una Miss que acababa de ganar la corona y tras escuchar los elogios del jurado dijese: "No lo merezco, no lo merezco".

Fuimos al primer corte. Él me preguntó si estaba cómoda, le dije que sí. Era cierto. Estaba más cómoda de lo que había imaginado. La Duquesa nos miraba con un aire incrédulo, como si estuviera tramando algo.

seis

Apenas entramos él caminó al baño y dejó la puerta abierta y aunque ni se me ocurrió asomarme, sentí el agua del caño corriendo y supe que se estaba lavando las manos.

Me senté en la cama. Con mi bolso al lado, las piernas juntas, las manos sobre las rodillas. De pronto me encontraba en una situación en la que nunca había estado antes y eché de menos otra copa de vino. Era una suite muy lujosa. Un instante después, él apareció en boxers y me dejó boquiabierta, pero su naturalidad al caminar me desconcertó una vez más. Tenía un cuerpo precioso, muy marcado por el gimnasio y la natación. Dejó su pantalón sobre un sofá marrón que había como parte de la decoración o del lujo y levantó el teléfono. Me pregunté a quién llamaría.

–Habla Daniel Hall, me gustaría pedir dos copas de vino blanco por favor, el mejor que tenga, gracias.

–Me leíste la mente –le dije tímidamente.

Se acercó a mí y tomó mi cara entre sus manos.

–Eres mágica –murmuró.

Estuve a punto de corresponderle al cumplido (¿Tú también eres mágico?), pero él comenzó a besarme y me perdí en sus labios y su lengua y me puse de pie sin saber bien por qué actuaba así, por qué mi cuerpo respondía a sus besos, aunque estaba acostumbrada a que me besaran aquí y allá y a no sentir demasiado. Lo tomé por los bordes de los boxers y tiré para abajo con determinación. Sentí que algo saltaba y tocaba mi barriga. Traté de agachar la cabeza. Quería mirarlo. Él no me dejó. Mantuvo mi cabeza firme entre sus manos, no dejó que bajara la mirada y me empujó suavemente en la cama. Cayó encima mío y empezó a moverse sobre mí y pude sentir sus dimensiones a través de la ropa, no pude mirarlo ni tocarlo, pero sentía sus punzadas una y otra vez sobre mi pantalón ajustado y me sentí cerca del clímax cuando tocaron la puerta y él se detuvo y se subió los boxers sin que yo pudiera mirarlo.

Era el botones con las dos copas de vino. Las dejó sobre la mesa. Daniel se había puesto una toalla en la cintura. Pude apreciar mejor su espalda ancha y sus caderas estrechas. Su cuerpo era un perfecto triángulo invertido. Le dio una propina al botones y cerró la puerta. Tomó un sorbo de vino. Luego trajo otra copa de vino hacia donde yo estaba y me dio un sorbo en la boca, tampoco me dejó tocar la copa. Era como si quisiera tener todo bajo control.

Volvió a dejarme caer sobre la cama y empezó a desabrocharme los jeans. Me los quitó y me dejó en ropa interior. Por suerte había elegido un calzón blanco, pequeño, semitransparente. Luego me subió la blusa y me bajó las copas del sujetador. Sentí mis pechos descubiertos. Lo miré fugazmente ahí abajo, todavía la tenía dura. Volvió a bajarme la blusa y me bajó suavemente el calzón. Sentí un poco de pudor. Me separó las piernas. Clavé la mirada en el techo. La excitación se detuvo un instante. Estábamos yendo demasiado rápido. No pude pensar mucho más porque volví a sentirlo moviéndome encima de mí. El placer regresó, esta vez con más intensidad. Lo sentía entrar ligeramente en mí, con sus boxers impidiéndolo, deteniéndonos. Quise sentirlo más adentro. No pude más. Intenté bajarle los boxers, pero desde mi posición no tenía mucha posibilidad de maniobra y solo pude bajarlo un poco, casi nada. Entonces él se detuvo y me miró a los ojos, sabiendo que yo estaba queriendo eso. Sabía que yo quería ir hasta el final. Entonces se arrodilló al pie de la cama y comenzó a mirarme entre las piernas fijamente, de la misma manera que lo había hecho unos segundos antes con mis ojos. Era como si me estudiara ahí abajo, como si descubriera mis pliegues. Sentí su dedo rozándome de arriba a abajo y entonces solté un gemido y sentí que estaba a punto de venirme y él paró y me miró a los ojos. Estaba completamente desarmada. Le rogué con los ojos que me hiciera terminar. Era una sensación extraña y nueva. Nadie me había hecho gozar y sufrir así. Reconocí mi derrota, volví a mirar al techo y sentí su dedo entrando suavemente. Lo sentí entrar y salir muy despacio y después más rápido y cuando estuve a punto de venirme volvió a parar.

siete

Así se activó la bomba. Acabábamos de hacer dos cosas que para Bárbara eran imperdonables: Daniel había contado en público que iba a tener un hijo conmigo, y ella se había enterado por televisión.

Reaccionó de mala manera. Daniel me lo contó por teléfono la misma madrugada que salimos en el programa. Me contó que después de dejarme en mi departamento, cuando llegó al suyo encontró en la puerta de entrada una nota escrita por Bárbara que decía: "No me verás nunca más". Como era previsible pensó lo peor. Cuando subió a ver a su esposa, y vio que la puerta de su departamento estaba abierta, entró y la encontró tendida en su cama. Parecía sedada por medio frasco de pastillas que tenía abierto en la mesa de noche.

–Qué momento, qué escena, lo siento –le dije a Daniel al teléfono–. ¿Tomó muchas pastillas?

–Creo que sí, estaba muy drogada. Me preocupa que un día se le pase la mano.

Me quedé en silencio y pensé: "Ella nunca se opuso a lo nuestro, ¿por qué le afecta tanto ahora? ¿No se suponía que ella aceptaba lo nuestro?"

Colgamos y me metí en mi cama. ¿Una nota amenazando con matarse? No era una buena señal. Me dio miedo. Miré el techo oscuro y la lámpara que estaba sobre mí. No podía dormir. La cabeza me daba vueltas. Pensé en los titulares del día siguiente. Pensé en mi rostro impreso en los periódicos. La idea no me molestaba. Incluso la encontré divertida. Imaginé a las señoras del Club de Polo hablando mal de mí. Diciendo que cómo era posible que me hubiera enredado con un hombre casado. Que seguro quería treparme al coche de la fama, quitarle a Barbarita su puesto de esposa orgullosa, envenenar a Daniel y quedarme con su dinero.

Estaba quedándome dormida cuando escuché un ruido extraño. Sentí que alguien entraba al departamento. Escuché pasos. Me senté en la cama. Me imaginé a Bárbara entrando a mi cuarto y mirándome a los ojos. Vi una sombra bajo el marco de la puerta. Era él.

—Me asustaste —dije, y respiré aliviada.

—Perdona, pero dejaste la puerta abierta —me dijo enseguida, acercándose a mí—. Todo esto ha sido muy violento. Quería saber cómo estabas.

Me senté al borde de la cama, como haciéndole espacio e invitándolo a echarse.

Se echó a mi lado. Nos abrazamos frente a frente.

—Estuviste genial hoy en la tele —me dijo—. No me imaginé que aceptarías salir conmigo.

—¿Cómo no iba a aceptar salir al lado del actor más famoso de la ciudad? —lo besé en los labios—. ¿Cómo no iba a ser todo un honor?

Sonrió. Le brillaron los ojos. Pasé una mano por su pelo, despeinándolo un poco.

–¿Crees que después de esto quiera divorciarse? –le pregunté, a sabiendas de que la pregunta podía ser invasiva.

–No lo sé –se encogió de hombros–. Nunca la había visto tan descontrolada. Nunca me había hecho una escena como eso de sedarse con pastillas para dormir. Siempre fue muy tranquila con mis otras novias. Recuerdo que cuando supo lo nuestro no pareció afectarle tanto. Cada noche que llegaba tarde a la casa después de estar contigo veía la luz de su cuarto apagada. Nunca me esperaba despierta, lo nuestro nunca pareció afectarle.

–¿Qué piensas hacer? ¿Tienes planes de mudarte?– le pregunté, a sabiendas de que era otra pregunta incómoda.

–No... La marea está demasiado alta para hacer más olas. Creo que voy a esperar a que se desengañe poco a poco. Ya hice público lo nuestro, y supongo que eso la hará resignarse. Yo no tengo ningún problema en que se quede viviendo en el departamento de arriba o en comprarle una casa más lejos de mí –hizo una pausa, con los ojos en un punto fijo, como si pensara en algo muy intenso–. Pero siento que debe ser ella quien tome la decisión. En ningún caso puedo botarla de la casa o mudarme a las malas y abandonarla. Es mejor que lo entienda bonito y a su tiempo.

Le creí. En ese momento de verdad le creí.

Pasamos toda la noche despiertos. Abrazándonos mucho. Sentí que era un buen hombre. Que era un hombre distinto a los que había conocido. Quería hacerlo feliz. No me importaba que me hubiera dicho que no quería vivir conmigo. Que no quería casarse conmigo. No entendía por qué tanta compasión con Bárbara, pero supuse que tendría sus razones. El hecho de que quisiera darle tiempo para que aceptara las cosas hablaba muy bien de él. Y no me molestaba, porque sentía que su cariño por mí era genuino.

Cuando ya amanecía, hicimos el amor. Nuestros suaves gemidos se confundieron con el canto de los pájaros madrugadores. Terminamos al mismo tiempo, con él encima mío. Una vez más, no usamos condón. Ya para qué, si estaba embarazada.

ocho

Entonces vi que se bajó los boxers y me enseñó lo que había ahí abajo y por primera vez quise lamer el sexo de un hombre que acababa de conocer. Traté de pararme y él opuso resistencia, pero me puse fuerte y prevalecí y lo empujé a la cama como él había hecho conmigo hacía un rato y cuando lo tuve frente a mí se la chupé como no se la había chupado a nadie, dejándolo entrar hasta el fondo, cubriendo los dientes con los labios, lamiéndolo por fuera. Sentí su respiración acelerarse, sentí sus gemidos ahogados, lo sentí cerca del orgasmo y cuando sentí que el triunfo era mío, él me tomó por los hombros y me apartó y me empujó de regreso a la cama. Por un momento me pregunté si el asunto no estaba siendo muy violento, pero sentí que él quería ocuparse de mí y eso me excitaba. Volvió a separarme las piernas, esta vez más, me separó las rodillas al límite, al punto que los músculos empezaban a dolerme. Se agarró el sexo con una mano y comenzó a frotarse contra mí. Sentí su piel contra la mía y lo sentí entrar un poco, casi nada, y frotarse por afuera. Vi su cara de placer, me imaginé que terminaba y me mojaba ahí y me vine sin disimularlo, cerrando los ojos, arqueando la espalda, deseando más, sintiéndolo temblar como yo había temblado.

Lo miré a los ojos, aturdida, mojada, todavía excitada. Vi en sus ojos la victoria, el poder absoluto, la certeza de que mi cuerpo lo deseaba y mucho.

Me senté en la cama y me quitó la blusa y el sujetador y solo entonces me habló:

—Ponte boca abajo.

Obedecí. Me gustó que me diera órdenes. Sentí que después del orgasmo delicioso que me había regalado, podía hacer lo que quisiera conmigo.

—Tienes un culo increíble —me susurró acariciándome despacio, lamiéndome por fuera.

Supuse que me la iba a meter, pero lo que hizo me desconcertó un poco. Comenzó a tocarse. Me gustó mirar de reojo cómo lo hacía, me agarró del pelo y me acomodó la cabeza de manera que mirara hacia adelante. Me jaló un poco el pelo. Me gustó.

—Escúchame bien, Micaela, nadie te va a coger como yo.

Su voz se transformó. De pronto su voz era la de otra persona. Pero me gustaba. Me gustó sentir mi poder, desde ahí abajo.

—Cuando la sientas ahí adentro no vas a querer que la saque nunca.

Me excité tanto con eso que pensé que me iba a volver a venir.

—¿Vas a ser mía?

Me quedé en silencio. Dudando si debía o no responder. Nunca nadie me había hablado en medio del sexo. No sabía bien cómo actuar.

Me tiró un poco del pelo, sentí su dedo deslizarse entre mis piernas. Entonces volví a sentirme cerca del clímax, intenté moverme, pero él me tenía sujetada por el pelo, casi no podía moverme.

–Tócate –me ordenó.

Comencé a tocarme.

–Soy tuya –murmuré.

Entonces sentí que él se desarmaba y se venía gruñendo y yo me ponía roja y a la vez gozaba y también me venía y sentí un líquido tibio caer sobre mis nalgas y luego mi cuerpo cayó sobre el colchón y el de él sobre mí y por un momento todo fue silencio.

nueve

—Imagínate, meterse con un hombre casado.

Dejé un par de billetes de más sobre la barra y salí del restaurante. Supe que las señoras me habían reconocido y estaban hablando de mí. Me puse mis audífonos y caminé a casa. Había tenido un día intenso en la revista. Era más difícil trabajar estando embarazada.

Miré mi vientre todavía plano y pensé cómo cambiaría mi cuerpo en unos meses. Pasé por el departamento de Daniel. Por alguna razón me tapé la cabeza con la capucha de la casaca. No quise que me vieran pasar por ahí. Pensé que no había motivo para esconderme, pero yo quería hacerlo. La gente en la calle me miraba con asombro en vez de felicitarme. Me miraban como si fuese la última mujer embarazada del planeta.

Una calle antes de llegar a mi departamento, mientras sonaba una canción de The Strokes, vi que alguien había escrito algo en la pared de mi cochera. Apresuré el paso y cuando me paré al frente de aquellas letras gigantes en pintura negra, el cantante del grupo me dijo al oído: "*Querida, no estás bien de la cabeza*". Me quedé petrificada al ver las letras que decían:

MICAELA PUTA

Me detuve un momento, contemplando por primera vez mi nombre al lado de un adjetivo con el que nunca antes me habían calificado. Porque entiendo que "puta" es una forma vulgar de llamar prostituta a una mujer. Es decir una mujer que tiene muchos hombres y cobra por el sexo. No sentía que fuera mi caso. Al menos en ese momento mientras estuve parada frente a esas enormes letras negras no recordé haber cobrado nunca por sexo.

Justo en ese momento salió el portero y se paró a mi lado y contempló con más estupor o bochorno que yo las letras negras y el insulto como si Micaela fuese el nombre de su madre.

–¿No viste quién lo hizo? –pregunté, tratando de fingir que no me afectaba.

–No, no, señorita –murmuró él, rascándose la barba blanca–. Justo subí porque la señora que vive debajo suyo me pidió que la ayudara a cargar unos paquetes.

Tomé el celular y llamé a Daniel. Le conté lo ocurrido. Me dijo que subiera al departamento y lo esperara ahí, que iría a verme después del teatro. Me dijo que el edificio tenía una cámara de seguridad y que él se encargaría de averiguar quién había pintado eso en mi garaje.

No había mucha gente en mi lista de sospechosos, porque no tenía muchos amigos y muy poca gente sabía donde vivía yo. Mi sospechosa principal era la humilladísima Bárbara. Sin embargo, una parte de mí todavía no creía que esa mujer pudiera ser tan malvada o tan ingenua como para creer que no la iban a descubrir. Sobre todo a plena luz del día.

Esa noche Daniel y yo nos sentamos a ver el video en la computadora. Él había conseguido pasar a un USB la grabación de ese día, que corría desde la mañana hasta las seis de la tarde, hora en que llegué al departamento y descubrí el insulto. Presionamos durante varios minutos el botón de avanzar el video hasta que ambos creímos encontrar lo que buscábamos. A eso de las cinco de la tarde, aparecía una mujer con pantalones ajustados y abrigo azul, pelo oscuro amarrado en una cola y lentes de sol. Se la veía con un aerosol de pintura negra en la mano. Luego se la veía mirando de un lado a otro y pintando el insulto en mi garaje.

–Es ella –murmuró Daniel, como si todavía no lo creyese.

–¡Claro que fue ella, quién más podía haber sido! –dije levantando la voz.

Nos quedamos en silencio. Él se recostó en el sillón rojo. Parecía cansado, abrumado. Era tarde, aún tenía puesto el traje que había usado en el teatro unas horas antes.

Yo estaba en pijama. Sentí una leve náusea. Me levanté y fui a la cocina. Me serví agua con gas. La tomé despacio, mirando el piso. Luego regresé al cuarto y vi a Daniel respondiendo unos correos en la computadora. Me senté en la cama. Escondí las manos en las mangas de la chompa. Un rato después me miró. Estaba muy serio. Parecía molesto conmigo.

–Creo que no fue una buena idea ir juntos a la televisión. Creo que nos hemos metido en un callejón sin salida. Bárbara está fuera de control. Cómo no se me ocurrió sabiendo que... –hizo una pausa y se revolvió el pelo con una mano–. Cómo pude ser tan idiota.

Me quedé en silencio y metí los pies bajo la colcha.

–Micaela, a partir de ahora debemos ser más cuidadosos con lo que hacemos. No quiero que esto se desborde demasiado.

Moví la cabeza de arriba abajo. La cabeza me daba vueltas. Imaginaba que él se sentía igual, o peor.

Se puso de pie. Me besó en la mejilla y se fue a dormir a su departamento.

Traté de olvidarme de las náuseas y me senté frente a la computadora. Vi que Daniel había dejado abierto su mail. Le di *click* a la ventana y la abrí. Vi varios correos con el nombre de Bárbara de la Vega y no pude controlar la curiosidad. Me puse a leer cada uno de sus mails. Él no la trataba con mucho cariño. No era mala onda, pero era seco, cortante, diplomático. Se despedía con "besos" o "suerte", "nos vemos luego". Ella también era distante, pero en sus últimos mails había un tono controlador: "¿A qué hora llegas?", "¿Vienes a almorzar?", "Hay comida el sábado en casa de los Miranda".

Entonces me di cuenta de que la señora De la Vega tampoco estaba enamorada de Daniel. Me pareció curioso que ella le hiciera todas esas preguntas por mail, cuando se lo podía decir cara a cara. Los mails eran recientes, como si el tono controlador hubiera aparecido hacía poco. ¿Qué era exactamente lo que controlaba la señora De la Vega? No lo tenía claro, supongo que todo lo que tuviera que ver con fingir que eran esposos. Asistir juntos a la comida de los Miranda, estar informada de cada paso de su esposo para que sonara creíble que ella seguía siendo su esposa. Eso debía ser. Porque durante el tiempo que habíamos sido amantes a escondidas, nunca se había manifestado. Él siempre había dicho que seguían casados pero ya no pasaba nada entre los dos. De hecho tenían un acuerdo para que cada uno se acostara con quien le diera la gana. Ni siquiera pareció molestarle cuando me mudé al departamento que Daniel había comprado para ver a sus novias.

Bárbara me había visto como la amante que nunca saldría a la luz. Como Daniel era un hombre famoso que le huía a los escándalos, nunca se arriesgaría a decir en público que estaba conmigo ni mucho menos a dejarme embarazada. Yo no representaba un peligro y por eso había dejado que creciera nuestra relación. Pensaba que tenía el juego dominado y que yo nunca podría competir con ella, siempre y cuando todo fuese en secreto. A medida que iba leyendo más mails, iba entendiendo mejor el juego. Entendí bien por qué le molestaron tanto las fotos en el hotel y la noticia pública de mi embarazo.

Leí varias veces los correos de Bárbara. Leí una y otra vez frases como: "Paquita Larrañaga me está llevando a la casa, si estás ahí por favor sal a saludarla". Leí unos últimos correos de Bárbara llenos de intrigas contra mí por la entrevista de la noche anterior: "No puedo creer que te hayas enredado con esa chola", "Qué vergüenza, Daniel".

Me dio rabia. La odié. ¿Qué se creía esta mujer para ningunearme? Todo este tiempo supo de lo mío con Daniel y ahora se hacía la sorprendida, la ultrajada, la humillada. Y encima venía a pintar la puerta de mi cochera con insultos. No, era mucho. Eso no podía quedar así. Entonces se me ocurrió algo.

diez

Me dio un beso en la mejilla y murmuró: "Gracias". Antes de que me pudiera preguntar si era normal dar las gracias después del sexo (nunca me había pasado), lo vi pararse de la cama y entrar al baño.

Unos minutos después salió y comenzó a vestirse y entonces yo también me puse de pie y comencé a vestirme, algo desconcertada por la rapidez del asunto. Nada de arrumacos ni palabras cursis. Ya estaba casi vestido y parecía con ganas de irse. Sacó dos botellas de agua del mini bar y me alcanzó una. Había sido mi encuentro más sexual y placentero, pero también el más extraño. Cuando estuvimos en la cama había sentido una energía distinta, más intensa que de costumbre.

–¿Todo bien? –me preguntó, y tomó un sorbo de la botella de agua.

–Sí... ¿Estamos apurados?

Sonrió.

–Bueno, sí, un poco. En unas horas tengo que ir al teatro y me gustaría llegar a mi casa con tiempo para una siesta reparadora después de este encuentro inolvidable. Hoy me desperté temprano.

En mi cabeza retumbaron las dos frases: "siesta reparadora", "encuentro inolvidable". Había dos camas grandes en la habitación. ¿Por qué no hacía la siesta ahí?

Me quedé en silencio unos segundos.

–¿La has pasado bien?

–Sí, muy bien –reprimí lo que acababa de pensar.

Empezaba a ponerme triste cuando me sorprendió con una propuesta:

–¿Nos vemos después del teatro?

Sonreí como una tonta y volví a temblar. Ilusionada por un lado, inquieta por otro. Él me devolvió la sonrisa.

–Bueno, vamos rápido que hoy van a verme al teatro unos directores de cine que vienen de Nueva York.

Cerramos la puerta de la habitación y contuve la cara de pavor que me provocaban las palabras de este hombre. Intenté imaginar lo que ocurriría en la noche, pero enseguida me contuve, porque ya estaba poniéndome roja y estábamos entrando al ascensor. No convenía irradiar más tensión erótica.

Subimos a la camioneta, no hablamos mucho. Él manejó rápido camino a mi casa. Yo iba indicándole dónde doblar y él hacía todo tipo de maniobras temerarias por la velocidad. Bajé de la camioneta y cuando volteé para decirle adiós con la mano él ya había arrancado.

Entré al lobby del edificio de mis padres y saludé con culpa al portero, como si él supiera lo que había ocurrido en el hotel y fuera a hacerme un comentario sobre la camioneta lujosa que acababa de dejarme. Supongo que estaba acostumbrado a verme bajar de autos serie B, modernos pero nada lujosos, que pertenecían a mis amigos o a los padres de mis amigos, autos que alguna vez manejé en estado etílico, de lo cual debería arrepentirme algún día.

El ascensor del edificio de mis padres me pareció la carroza de la cenicienta pasadas las doce de la noche. Entré al departamento, caminé a mi cuarto sin saludar a nadie y cerré la puerta con seguro. Me dejé caer en la cama, hundí la cara en la almohada y grité con todas mis fuerzas. Los ojos se me llenaron de lágrimas. Hacía apenas unas horas había estado parada frente al espejo de mi cuarto sintiéndome fea. Pocas horas después había estado en una cama con él y habíamos tenido sexo, el mejor de mi vida, y me había hecho sentir la mujer más deseada del mundo, la más sexy, más que cualquiera de las chicas con cuerpos esculturales que actuaban con él.

No lo podía creer. Permanecí en estado de shock durante horas, repasando momento a momento, mirando el celular aunque sabía que no era la hora en que me llamaría.

Prendí la tele y vi una publicidad de su obra de teatro. Se le veía casi todo el tiempo que duró la propaganda. Se notaba que era el actor más importante, el más cotizado. Seguía sin poder creerlo. Puse música y bailé sola como una demente, tratando de cansarme y bajar las revoluciones. Me sentí idiota y agradecí que nadie estuviera mirándome.

Cuando dieron las diez de la noche, hora en que terminaba la función, tuve un mini infarto. "Okay, llamará en cualquier momento", pensé y me eché en la cama mirando el techo. Pasaron cinco minutos, diez minutos, quince minutos. Comencé a preocuparme. Pasaron veinte. Treinta. Una hora. Pasó una hora y media.

"No va a llamar", pensé y la ilusión se derrumbó sobre mí como un castillo de naipes. Me paré de la cama y sentí un leve dolor en el pecho y no entendí por qué: había sido solo un encuentro de sexo. A lo mejor para él no había sido tan bueno como para mí. A lo mejor había hecho lo mismo con otras chicas que iban a sus obras y quizás por eso el mozo del restaurante del hotel le había dicho "un gusto volver a verlo". Me puse el pantalón de pijama y volví a la cama, solo que esta vez me tapé con el edredón. Tenía ganas de dormir varios días.

Entonces escuché el timbre del celular y me levanté como un resorte. Vi en la pantalla que era él.

–¿Aló?

–Hola linda, perdona la demora, los directores me tuvieron horas hablando, estoy abajo de tu edificio, baja cuando quieras.

Colgué y salté sobre el sitio como si estuviera en un concurso y acabara de ganar el mejor premio. Me sonreí a mí misma al espejo y olvidé por completo lo mal que me sentía. Me cambié de pantalón y metí el de pijama en el bolso por si decidía pasar la noche. No sabía cuáles eran sus planes. Nunca sabía bien cuáles eran sus planes. Bueno, los conocía, pero digamos que lo que no sabía era dónde se harían realidad.

Bajé decidida a que me contase un poco más de él y de su matrimonio, que al parecer no era tal. Yo al menos tenía la conciencia tranquila, porque si su mujer le había dado consentimiento para tener sexo con otras mujeres, no había nada de qué preocuparse.

Subí a la camioneta con una sonrisa y él de nuevo manejó sin decirme adónde íbamos. Era excitante entregarle ese poder sobre mí.

–Te tengo una sorpresa –murmuró por el camino.

once

Llegando a casa del trabajo, llamé a Mario, un amigo del colegio con el que alguna vez tuve un encuentro sexual. Hacía mucho que no pasaba nada entre nosotros. Era un experto en intervenir cuentas de correo electrónico, un hacker, y sabía de lo mío con Daniel, así que estuvo encantado de ayudarme. Le di la cuenta de la señora De la Vega y le dije que le pagaría bien si conseguía descifrar la clave.

Antes de colgar, me dijo que me cobraría doscientos soles (me pregunté si sería el pago total, o haría falta también algún favor sexual, pues había esperado que pidiera más) y que me tendría la contraseña en un par de días.

Puse el celular en la mesa de noche y me eché en la cama. Me miré el vientre. No tenía barriga aún. Lo que tenía eran náuseas y cada día peores. Cada vez era más difícil trabajar así. Sentí el sabor de la hamburguesa que había comido en McDonald's, la comida en la garganta. Me sentí llena, llenísima, como si hubiera comido tres hamburguesas.

Volví a mirar el celular. No tenía llamadas de Daniel. Me molestó que no me hubiera llamado. Eran las seis y media de la tarde. Lo imaginé nadando o en el gimnasio, endureciendo un poco más ese cuerpo delicioso. Imaginé a chicas acercándose a él, pidiéndole autógrafos, coqueteándole. Lo imaginé corriendo en la máquina de trotar, con la camiseta sudada. Me senté en la computadora y abrí el archivo de las fotos que le hice la noche que nos conocimos. Me quedé varios minutos embobada frente a la pantalla, analizando su rostro de facciones perfectas. Vi sus ojos azules mirando hacia el lente de la cámara. El pelo oscuro, revuelto. La nariz recta. La media sonrisa, las manos en los bolsillos del pantalón.

Lo recordé preguntándome mi nombre mientras le hacía las fotos. Recordé mi nerviosismo repentino. Lo tonta que pudo haberle parecido mi sonrisa nerviosa y lo obvia que fue mi atracción por él.

Traté de no pensar en eso. Dejé la computadora al lado y me paré de la cama. Busqué mi cámara de fotos. Caminé al baño. Me paré frente al espejo. Me levanté el polo y le tomé una foto de perfil a mi abdomen plano.

Entonces sonó el celular. Miré la pantalla. Era Daniel.

–Todo mal

–¿Por?

–Hablé con Bárbara, le dije que habíamos visto el video y que sabíamos que había sido ella quien escribió eso en tu cochera. Se echó a llorar. Me dijo que la estaba calumniando, que no era verdad, que cómo la creía capaz de una cosa tan baja. Que tú estabas mintiendo, que eras un monstruo, que estabas destruyéndole la vida, que no te bastaba con haberte embarazado de mí, con humillarla públicamente, ahora levantabas cargos falsos contra ella. Luego le bajó la presión.

–Dios... –dije y recordé los insultos que había leído en el mail de Daniel.

–Tuve que llevarla a la clínica. Le dieron un medicamento. El doctor le dijo que había tenido una crisis de nervios. Le recomendó reposo, me aconsejó que subiera a verla cada tanto para controlar que estuviera bien.

"Ojalá me dé una crisis de nervios a mí", pensé. "Así vienes y me controlas un poco las náuseas y los malestares, o al menos me acompañas y vemos tele juntos, me abrazas un rato".

–Claro, entiendo –le dije–. ¿Qué vas a hacer más tarde?

Esa noche, después del teatro, Daniel vino al departamento. Tenía en la mano dos paquetes de pañitos para desmaquillar. Se quitó la corbata y se sentó en el sofá rojo. Abrió uno de los paquetes y fue sacando pañitos y quitándose el maquillaje que les ponen a los actores cuando salen al escenario. Echaba los pañitos en una bolsa de plástico, probablemente la misma que le habían dado en la tienda cuando compró los desmaquilladores. Se le veía abrumado por lo ocurrido, pero sentí que estaba feliz de haber ido a verme. Era la primera vez que venía directamente del teatro y no paraba antes en su casa para cambiarse de ropa y limpiarse el maquillaje. A ratos sentía que estaba más cómodo en mi casa que en la suya. Lo entendía.

Lo quise un poco más por eso. Esos eran los momentos en los que yo pensaba "tan mal no estamos, al menos los dos, aunque no lo digamos en voz alta, queremos alejarnos de la loca de Bárbara". Siempre me gustó sentir que tenía una complicidad mental con Daniel. Que él sabía lo que yo quería y yo sabía lo que él quería y no nos lo decíamos, porque éramos muy orgullosos o vanidosos o refinados como para rebajar a palabras la pureza de nuestros pensamientos.

Él, con traje y sin corbata y yo con jeans y zapatillas. Nos fuimos a comer algo a un café que solía estar abierto hasta tarde, cerca al hotel en donde hicimos por primera vez el amor. Yo me tomé un agua mineral y él una copa de vino blanco y conversamos hasta la madrugada acerca de mi trabajo en la revista y de películas en las que había actuado. Hablamos de *Sunrise*, su última película y del éxito que había tenido en el extranjero. Luego nos deslizamos cautelosamente hacia la vida de Bárbara.

Me contó que la madre de Bárbara era una de las peores arpías que había conocido. Se llamaba Mirtha y se había opuesto siempre a su relación con Bárbara, pues tenía la equivocada idea de que ella (y su hija Barbarita) pertenecían a la nobleza limeña y eran demasiado elegantes como para mezclarse con un "payaso que solo tiene dinero porque es famoso". Me contó de su boda en Boston, adonde él y Bárbara se habían mudado un tiempo, porque él estaba rodando una película ahí. Mirtha había intentado sabotear la ceremonia con un ataque de nervios. "¡Se me bajó la presión, se me bajó la presión!", decía a gritos. (En ese momento supe de quién había heredado su hija la vena histriónica). Para sorpresa de todos, Bárbara, que siempre le tuvo pánico a su madre y era incapaz de contradecirla, giró la cabeza hacia ella, que ya para entonces estaba en el suelo, con algunos funcionarios de la corte de Boston dándole aire con los papeles que luego firmarían los novios, se levantó el velo y le dijo: "Ay mamá, basta con el teatro, o me caso ahora o me caso después, pero me voy a casar igual".

A la vieja Mirtha no le quedó otra que recoger sus anteojos de sol. Se sentó de nuevo en la silla, miró a los pocos invitados de la boda, todos de la familia de Bárbara (Daniel no había querido invitar ni a su tía), y aprovechando que la boda era en Boston y tanto la jueza como los funcionarios sólo hablaban inglés, se apuró en decir una frase que a Daniel se le quedó grabada por el resto de su vida: "Está bien, cásate, pero sácale toda la plata que puedas".

–Pero si sabías que no te querían en su familia, ¿por qué te casaste con ella? –le pregunté, mirándolo a los ojos.

–Porque yo a Bárbara la quería. Sabía que su madre era de terror, pero pensaba que ella era diferente. Antes de casarnos era tranquila y paciente. Era traviesa y guapa. Realmente me gustaba. Fue la primera mujer a la que creí amar. Pero fueron pasando los años y Bárbara se fue pareciendo cada vez más a su madre. Comenzó a tener actitudes de mujer déspota, autoritaria. Cuando regresamos al Perú, empezó a maltratar a la gente. Todo le apestaba. Trataba mal a las empleadas de la casa, les gritaba. Ya te digo, se fue pareciendo cada vez más a su madre.

–¿Y cómo así nunca tuvieron hijos?

–Porque ella no quiso –se movió en la silla como si el tema le incomodara–. Me decía que no estaba preparada, que le daba miedo. Creo que la entiendo.

Miré a mi alrededor y vi que algunas personas de las mesas cercanas habían comenzado a mirarnos y a hablar en murmullos. No era muy difícil reconocer a Daniel, con todas las obras de teatro y las películas exitosas que había hecho. Supongo que tampoco era muy difícil reconocerme, después de las fotos y la entrevista con La Duquesa.

Pedimos la cuenta y salimos caminando despacio hacia la camioneta. Cuando llegamos a mi departamento, bajé y le hice adiós con la mano y lo vi perderse en la cuadra siguiente.

Abrí la puerta del apartamento y me llamó la atención que todo estuviera a oscuras. "Qué raro", pensé. "Si yo dejé las luces de la sala prendidas". Caminé a tientas al cuarto y vi la laptop enchufada pero casi sin batería. Traté de prender la luz, pero el interruptor no obedeció. Entonces supe que me había quedado sin luz.

Recordé que había subido por el ascensor, así que el edificio y los demás departamentos sí tenían luz.

Prendí una linterna y busqué en la cocina algún recibo de luz antiguo. Saqué el celular de mi cartera y llamé.

–Nos dieron la orden de que la cortásemos enseguida, señorita –me dijo la operadora al otro lado del teléfono.

–¿Quién dio la orden? –pregunté, ofuscada.

La operadora tardó unos segundos en responder. Podía escuchar cómo tecleaba una computadora, seguramente en busca de información.

–La esposa del señor Hall, la señora Bárbara de la Vega. Ella ordenó la cancelación de los servicios, señorita.

Colgué el teléfono furiosa. Caminé al baño y me senté en el inodoro. De pronto sentí una náusea subir por mi esófago y antes de que pudiera pensarlo dos veces, estaba vomitando en el inodoro en el que acababa de orinar. El solo hecho de pensar que ahí acababa de sentarme multiplicaba mis náuseas y me hacía vomitar con más fuerza.

Un rato después, ya en mi cama, pensé: "No vuelvo a comer en McDonald's".

doce

Le puse una mano en la pierna y lo sentí sobresaltarse. Me incliné hacia él y le pasé la lengua por el cuello. Él lo estiró levemente para dejarse besar y yo seguí besándolo y lamién- dole el cuello y la oreja, volví a sentir su olor, respirando de manera entrecortada, sintiéndome viva después de esas tres horas de agonía. Le toqué la entrepierna a sabiendas de que jugaba con fuego y sentí que la tenía dura: le bajé la bragueta y lo dejé salir. Él comenzó a manejar más despacio y yo hice lo que él esperaba: se la chupé mientras manejaba. Él iba lento y yo también. Paré cuando lo sentí a punto de venirse. Él se subió la bragueta y me miró con fuego en los ojos. Tuve miedo a lo que me esperaba.

Entramos a la habitación y él fue al baño a lavarse las ma- nos. Me quité los zapatos y me senté en la cama. Al salir puso luces bajas y levantó el teléfono.

–Dos copas de vino canadiense, el mejor. Gracias.

Me quedé en silencio, inmóvil, temblando, pensando en lo que acababa de ocurrir en la camioneta y en lo que tendría en mente ahora, en su cara en la televisión hacía unas horas y en la determinación con la que había pedido el vino. La incertidumbre y el recuerdo de mi arrebato en la camioneta me habían puesto a temblar como cuando lo esperaba en el McDonald's.

Se paró frente a mí y se bajó el pantalón. Quedó en boxers y me enseñó su prominente erección. La puso cerca de mi cara, frente a mis ojos.

–Tú me la pones así.

Miré para abajo. No tuve coraje para mirarlo a los ojos. Volví a sentir que él estaba al mando.

–¿Quieres mirarla? –me preguntó con ese tono de voz que no parecía suyo.

Moví la cabeza de arriba a abajo. Le bajé suavemente los boxers y liberé su erección. Estuve a punto de volver a chupársela, pero él me detuvo.

–Quiero que te quites la ropa frente a mí. Quiero mirarte.

Se dejó caer en la cama, con una mano en su sexo, enseñándome su erección.

–Hazlo.

Me paré frente a él y me quedé unos segundos sin saber qué hacer. Vi que empezaba a tocarse y me excité tanto que se me pasó el pudor y comencé a quitarme la blusa despacio, luego el sostén, me detuve en mis pechos, acariciándolos en círculos. Vi cómo él seguía tocándose, a un ritmo tranquilo, alargando el placer. Me di vuelta y me bajé de una vez el pantalón y el calzón. Me incliné hacia adelante con las piernas separadas y lo oí gemir y cuando volteé para mirarlo de reojo vi que se tocaba con más fuerza y luego se detuvo sin sobresaltarse al escuchar unos golpes en la puerta.

Yo me metí al baño casi corriendo a esconderme, como si el botones no supiera lo que estábamos haciendo. Escuché que recibía las copas de vino y agradecía y daba propina. Cuando la puerta se cerró salí del baño desnuda y vi que dejaba caer la toalla con la que se había cubierto para recibir al botones. Caminé hacia la mesa donde estaban las copas de vino, con la cara acalorada, casi sudando.

Las copas eran muy pequeñas y el vino estaba helado, dulce. Me gustó. Nunca había tomado ese tipo de vino. Di un segundo sorbo y lo terminé de golpe. Lo sentí sonreír. Él tomó un poco del suyo. Luego me tomó de la mano y me condujo a la cama. Volví a temblar.

–Arrodíllate ahí –me ordenó señalando la cama–. Apoya los codos en la cama.

Obedecí. Me sentí expuesta. Muy expuesta. Pero también muy excitada. Él se puso detrás de mí y me separó un poco las piernas. Me pasó la yema del dedo pulgar por el sexo, de arriba abajo.

–Me encanta sentirte tan húmeda. Me gusta ponerte así.

La respiración se le aceleraba. Sentí que no mentía, que de verdad le excitaba tocarme así.

Mi cuerpo comenzó a moverse y me olvidé de la cama, las almohadas, la postura. Solo sentía su dedo ahí abajo, también moviéndose, y deseé que lo hiciera más fuerte. Sabía que no iba a hacerlo y que me torturaría un rato más. Ya estaba acostumbrándome a esa velocidad cuando dejé de sentir su dedo y mi cuerpo dejó de moverse de golpe. Sentí entonces la cabeza de su sexo restregándose contra mí y volví a enloquecer, esta vez más. Dejé escapar un gemido y apreté el edredón con los dedos.

trece

A los pocos días ya tenía conmigo la contraseña del correo de la señora Bárbara de la Vega. Mi amigo Mario había dado con la clave más rápido de lo que pensaba. La clave constaba de solamente letras, no números, ni mezclas entre números y letras, lo cual la hacía más fácil de hackear.

Entré a la página de Gmail, escribí su correo electrónico en el usuario, luego la contraseña. Leí cada uno de los correos de Bárbara de la Vega. Encontré correos de su madre en los que confirmé lo que me había contado Daniel. Era una arpía. En casi todos le hablaba de dinero. Le decía frases como: "Deberías hacer lo que la muchachita arribista hizo, no sé qué esperas para sacarle un hijo a Daniel de una vez por todas".

Supongo que lo de la muchachita arribista lo decía por mí. Me dolió leerlo. Nunca antes me habían llamado de ese modo y me sorprendía el desparpajo con el que esa vieja venía a menospreciarme.

Entré al buzón de mensajes enviados y encontré algo que despertó mis deseos de venganza contra la siempre digna Bárbara de la Vega. Algo que me dejó estupefacta.

Un correo escrito a un tal Sebastián Arredondo por la esposa

47

de Daniel Hall. Un mail escrito hacía dos días en el que decía la siguiente línea: "Estuvo riquísimo anoche. Nos vemos pronto".

No tenía idea quién era este Sebastián Arredondo, pero me quedó claro que Bárbara también estaba viendo a otros hombres. Bien, era parte de su acuerdo con Daniel, nada que reprocharle. Pero, ¿entonces por qué ahora nos hacía escenas de histeria como si fuera una santa paloma y como si nunca hubiera sabido nada de nosotros?

Seguí revisando su mail y encontré unos pocos correos de Daniel, pero nada que no hubiera leído antes. Encontré unos correos de un tal doctor Barragán. Parecía ser su psicoanalista, o psiquiatra, daba igual: quienquiera que fuera, no parecía estar haciendo bien su trabajo.

Me crucé de brazos frente a la computadora y pensé qué iba a hacer con lo que acababa de encontrar.

Salí del correo de Bárbara y entré en el mío. Nada de Daniel. Solo uno de Mario.

Para: Micaela
De: Mario
Asunto: ¡hipócrita!
Tan digna no era la señora Bárbara, tiene un tremendo muerto en el clóset. ¿Qué piensas hacer?

Entendí que se refería al amante de Bárbara. No le contesté. Todavía no podía creer que me hubiera cobrado por hackear su cuenta. Levanté unos papeles y los metí a mi cartera. Me colgué la cámara al hombro y bajé al sótano a buscar el auto. Tenía que ir a la revista y luego a ayudar en una sesión de fotos a un actor que, al lado de Daniel, me parecía aburrido y sin importancia.

catorce

Estábamos echados uno al lado del otro. Con la respiración todavía acelerada. Nadie decía nada. Yo no sabía qué decir, ni siquiera entendía bien qué era lo que me estaba pasando. Acababa de tener el orgasmo más increíble de mi vida y me lo había proporcionado un hombre que casi no conocía. Me pregunté qué pasaría si uno de los trabajadores del hotel llamaba a un programa de chismes a delatarnos. Siguió el silencio. Nuestras respiraciones se habían apaciguado. Él estaba con los ojos cerrados, con ambas manos sobre el pecho. Sabía que no estaba durmiendo, lo podía notar. Daba la impresión de que estaba pensando muchas cosas a la vez. Permanecí en silencio, suponiendo que me hablaría. Esperé un rato más. Se sentó en la cama y se paró al baño sin decir palabra.

Escuché la cadena del inodoro, luego la llave del caño. Lo vi salir del baño con una toalla en la cintura y el pelo revuelto. Le miré los abdominales marcados y me mordí los labios. Él siguió en lo suyo. Eso me gustaba. No era demasiado consciente de su belleza.

–¿Nos vamos? –pregunté desde la cama

49

–Sí, si no te molesta –me respondió buscando el pantalón, que estaba en algún lugar del suelo.

Me puse de pie con ganas de decirle: "¿Pero no vamos a conversar? No te pido arrumacos, pero por lo menos siéntate a mi lado y háblame de ti. Déjame conocerte. No creas que porque eres famoso no tengo cosas que preguntarte".

–¿En qué piensas? –me preguntó, ya terminando de vestirse.

–En nada –mentí, seca, algo ofuscada.

Lo miré a los ojos. Arqueó las cejas, como afectado. Entonces supe que no tenía una idea de lo que era una charla post sexo.

–¿No sueles hablar después del sexo?

Movió la cabeza a un lado, sorprendido. Entonces traté de aclarar mi pregunta.

–No es que me moleste, pero me sorprende que te pares tan rápido después del sexo. En la tarde pensé que era porque estabas apurado, pero ya veo que es una costumbre.

–Ah, no me había dado cuenta. ¿Hay algo que quieres preguntarme?

Me reí sin ganas. Me pareció curioso que, a diferencia de otras personas, el momento antes del sexo y las insinuaciones se le daban con toda naturalidad. Sin embargo, la charla casi natural que viene después del sexo le resultaba extraña. O al menos yo sentía que era forzada.

–No, nada, no te preocupes, nada que preguntar.

Entonces vino y me abrazó. Su olor volvió a ponerme nerviosa, incluso me cohibió, a pesar de que hacía unos minutos había estado desnuda frente a él. Traté de olvidar que era otra de las tantas sensaciones nuevas que había experimentado en solo unas horas.

Entré al baño a limpiarme y a terminar de vestirme. Cuando

salí vi que estaba sentado en la cama con mi bolso a sus pies y mi pantalón de pijama en las manos. Me reí nerviosa. De pronto todo lo que no había querido decir hacía un momento se hallaba explicado en ese pantalón de pijama.

—No es que haya querido... —me callé, porque cualquier cosa que intentara decir solo iba a empeorar las cosas.

—¿Querías que durmiéramos juntos? —me preguntó sorprendido.

—No, no es que haya pensado que íbamos a dormir juntos. Simplemente lo tenía puesto cuando me llamaste y lo metí en mi cartera por si llegábamos a dormir juntos.

—¿Cuando llamé estabas en pijama?, ¿pensaste que no llamaría?

Me quedé en silencio. Preferí decir la verdad.

—Al comienzo no pero después sí. Era tarde cuando llamaste.

—¿Quieres que durmamos juntos ahora?

—No, no así. Lo hubiera querido si fluía naturalmente. Pero no así, como si... me estuvieras haciendo un favor.

Me miró muy serio. Pensé que quizás hubiera sido mejor no decir eso último.

—Micaela, las cosas son más complicadas de lo que imaginas. Yo estoy casado y...

—Ya lo sé, no me digas eso, me haces sentir que quiero romper tu matrimonio. Me acosté contigo porque me dijiste que tenías un acuerdo con tu esposa. No me hagas sentir que quiero romper tu matrimonio.

—Yo no he dicho eso. Simplemente que las cosas son más complicadas. Van más allá de mi acuerdo de libertad. Mira, yo no duermo con nadie. Ni siquiera con mi esposa. ¿Okay? Dormimos en cuartos separados desde hace años, porque me gusta dormir solo, no entiendo el amor como los demás. No estoy acostumbrado a estar muy cerca de nadie. Tengo muchos amigos y me encanta salir de vez en cuando a una fiesta, pero me reservo mi intimidad. Tú me gustas mucho, pero prefiero decirte la verdad, porque tal vez tus expectativas no coincidan con las mías.

–Solo quería hablar un poco. Porque me interesas. Al margen de lo tuyo con tu esposa. Me pareces interesante y creo que si estamos teniendo intimidad es natural que quiera conocerte más, como amiga. Yo tampoco sé nada del amor. Solo he tenido un novio y las cosas terminaron fatal y tampoco sé si quiero volver a enamorarme. Pero sucede que también me gustas. No me parece que querer hablar un rato sea tener altas expectativas.

Me miró consternado.

–¿Y este pantalón en tu cartera? No solo querías conversar sino también dormir acá.

Sus grandes ojos azules brillaron y me lanzó una mirada que me hizo sentir regañada. Bajé la cabeza. Él se puso de pie, buscó algo en su casaca azul.

–Ahora ya tengo que ir a casa. Te llamo mañana a ver si estás libre. Por favor apunta tu correo en mi celular.

quince

La mañana siguiente tenía tantas náuseas que no me podía parar de la cama. Llamé a la revista y avisé que me quedaría en casa. Le pedí al portero que me hiciera el favor de comprarme una botella grande de agua con gas y durante toda la mañana solo tomé agua. Pasaba los canales de arriba a abajo sin detenerme en ninguno ni mirar con detenimiento el programa que estaban dando. Realmente no estaba buscando entretenerme con un programa sino pasar los canales uno a uno. El asunto de la luz ya estaba solucionado. Lo había arreglado Daniel esa misma noche con una llamada.

No sé en qué momento me quedé dormida. Supongo que debí dormir largo rato. Era uno de los síntomas del embarazo. Me quedaba dormida sin darme cuenta siquiera. Mis horas de sueño eran más profundas. Podía dormir en cualquier momento, a cualquier hora. Bastaba que me distrajera un poco para que el sueño me tomase por sorpresa.

Cuando desperté vi a Daniel sentado a mi lado, con la laptop sobre las piernas. Aún no se había percatado de que yo estaba despierta así que aproveché para mirarlo: las pestañas negras, rizadas, esos dos lunares diminutos que tenía cerca de la oreja.

–Te traje pollo a la plancha con puré de papas y de postre gelatina. Están en la cocina –dijo sin quitar la vista de la computadora, como si ya supiera que estaba despierta. A este hombre no se le escapaba nada–. Necesitas comer algo.

–¿Tú las preparaste? –le pregunté, recostando la cabeza sobre sus piernas.

–Por supuesto. Me gusta cocinar por *hobby*. Es bueno que lo sepas.

–Para eso es bueno conversar, ¿no crees? –bromeé –Yo te cuento mis hobbies, tú los tuyos, no creo que nadie salga herido de eso.

Se rió y luego me besó la frente.

–Daniel, hay algo que quiero decirte.

–Dime, linda.

Me derretía cuando me decía así. Me incorporé y lo miré a los ojos. Él sostuvo la mirada. Volví a derretirme con su cara perfecta y sus ojos tranquilos. Puso la computadora al final de sus muslos.

–¿Pasó algo? ¿Todo bien con el bebé? ¿Cuándo es la próxima cita con el doctor?

–No, no es eso. Tengo que confesarte algo.

Levantó una ceja, apretó los labios.

–¿Te acuerdas de Mario?

Su mirada se incendió y apretó la mandíbula.

–No, Daniel, espera, no es lo que estás pensando. ¿Te acuerdas de él o no?

–Cómo me voy a olvidar de ese tiburón –dijo cortante.

–Nos estamos desviando de tema –dije y tomé aire–. Yo estuve muy ofuscada con esto del insulto en mi garaje y las horas que pasé sin luz. Una noche tú dejaste tu mail abierto y no pude contener la curiosidad y leí tus correos con Bárbara. Encontré uno en el que te hablaba mal de mí por la entrevista con La Duquesa. Me jodió de veras, e hice algo que no sé si te va a gustar.

Tomé aire y le conté que Mario había hackeado su cuenta. Le conté de ese tal Sebastián Arredondo.

–¿Me estás hablando en serio, Micaela?

–Muy en serio.

Me paré de la cama como dándole aire. Fui a la cocina y traje una botella de agua para él y otra para mí. Tenía la mirada pegada en algún punto del cuarto. Sabía que su cabeza daba muchas vueltas, que ataba y desataba cabos.

–Creí que era importante que lo supieras.

Se quedó en silencio. Me senté en la cama. Bajé la cabeza y esperé a que me dijera algo. Su silencio me angustiaba. Entonces, me clavó sus grandes ojos de pestañas rizadas.

–Voy a decirle a Bárbara que me voy a separar de ella. Le voy a decir que se mude a otro departamento lejos de mi edificio. Nuestro matrimonio se ha terminado. Va a tener que entender.

Algo revoloteó en mi pecho. No pude evitar pensar que era alegría. Asentí con la cabeza, disimulando mal mi felicidad. Me di cuenta de que tenía que decir algo.

–Hemos podido pasar media vida teniendo sexo a escondidas y no le iba a importar. Eso me quedó claro después de ver su cuenta. Lo que le molesta es que hayamos hecho público lo nuestro, que le hayan quitado su puesto de –levanté ambos dedos índices–"la esposa de Daniel Hall".

–Sí, a mí también me queda claro. Ella me juraba que no se acostaba con nadie y que solo veía a sus amigas. Yo siempre le dije que podía acostarse con quien quisiera y yo no iba a juzgarla ni a humillarla. Pero ella decidió esconderlo y portarse mal contigo y eso no lo voy a permitir.

Se puso de pie y lo seguí. Caminamos a la cocina. Daniel abrió el horno microondas y sacó una fuente con un plástico transparente. Buscó un plato y volvió a salir de la cocina. Saqué cubiertos y fui a la mesa.

–¿Cuándo hablarás con ella? –pregunté, hundiendo el tenedor en el pollo.

–Esta noche, o mañana temprano –respondió mirándome comer.

–¡Esto está delicioso!

–Me alegra –me besó la frente–. Tienes que comer y preocuparte por estar bien.

Comí un poco de puré de papas, también estaba delicioso. Daniel miró su reloj.

–Yo ahora tengo que ir al teatro. Tengo que llegar un poco antes porque me van a hacer una nota para un programa español.

"*Wow*", pensé. "Daniel sí que era un hombre importante. ¡Iba a tener un hijo con él!"

Se puso de pie, metió una mano en sus jeans y sacó las llaves de su auto. Me dio otro beso en la frente y me dijo que volvería por la noche.

–Y no vuelvas a espiar mi correo –me dijo sujetándome el mentón, con ojos amenazadores.

Terminé de comer y dejé el plato remojando en el caño de la cocina. Su mirada matadora me había dejado temblando un poco. Luego me senté en la sala y prendí la tele. Tuve que contener el grito cuando vi a La Duquesa anunciando como invitada a la esposa de Daniel Hall.

dieciseis

Cuando me dejó en casa de mis padres eran casi las cuatro de la mañana. La cabeza me daba vueltas como un trompo pero estaba demasiado cansada para pensar. Mis padres dormían. Me metí en la cama y quedé profunda.

Desperté cuatro horas después para ir a la revista. Toda la noche había soñado con el hotel, con su mirada irritada, sus gemidos, su cuerpo desnudo. Corrí para no llegar tarde. Me senté en mi oficina, acalorada. Mis vecinas de escritorio me miraban raro. Desde que la representante de Daniel Hall había llamado a la revista para preguntar mi número de teléfono casi todos me observaban con envidia. Había un clima un poco tenso, pero a fin de cuentas cordial. Prendí la computadora y abrí mi mail.

Para: Micaela
De: Daniel
Asunto: Ese pantalón de pijama
Micaela
son las 7a.m.
estoy solo en mi cuarto.
no dejo de pensar en ti.

Me dio un brinco el corazón. Me llevé las manos a la cara. Pensé que después de la discusión de anoche tal vez no volvería a verlo más. "Hice bien en no quedarme callada", susurré en voz baja.

Para: Daniel

De: Micaela

Asunto: Esa mirada castigadora

Daniel

soñé con tu hotel.

desperté acalorada.

lamento la tensión anoche.

aunque me gustó cómo me miraste.

La respuesta llegó como a mediodía.

Para: Micaela

De: Daniel

Asunto: Quiero más

¿Nos vemos hoy?

Te llamo después del teatro.

Abrí la boca sin gritar. Me paré de la silla y caminé al baño. La gente a mi alrededor comenzaba a mirarme mal. Me eché agua en la cara. Volví a mi escritorio lo más calmada que pude. Puse a cargar mi celular para asegurarme de que tendría suficiente batería para la noche.

Tosí un poco y me puse a trabajar.

Esa tarde al llegar a casa de mis padres estaba tan ansiosa que pensé que tenía que hacer algo. Todavía faltaban unas horas para que él viniera a buscarme y ya estaba muy excitada. Puse seguro en la puerta de mi cuarto. Me eché en la cama y me toqué pensando en él. Me acordé de su cara excitada y su sexo y sus manos grandes y el líquido tibio cayendo sobre mi piel. Terminé ahogando los gemidos, con las piernas abiertas, boca arriba.

Fui caminando a casa de una amiga para matar el tiempo. No le conté nada de Daniel. A las siete de la tarde volví a casa. Salí a correr. Volví otra vez. Comí algo ligero, me bañé, me vestí y esperé. A las diez y media sonó el celular.

—Estoy abajo, preciosa.

Entré a la camioneta y vi que me esperaba con un ramo de rosas rojas. Sonreí sin pensarlo. No me lo había esperado.

—Son por la discusión de anoche. Yo también lamento el mal rato.

—Gracias, Daniel, qué lindo detalle.

Me dio un beso en la mejilla, luego se me acercó al oído y me dijo:

—Pero no lamento la tensión. Amo la tensión erótica que hay entre nosotros.

Sonreí y tomé su mano y la llevé a mi boca y la lamí muy despacio. Entonces sentí su transformación. Supe que estaba teniendo una erección. Ya iba conociendo su respiración y su mirada y no necesitaba mirarlo ahí abajo para sentir su calentura. Empezaba a descubrir que me gustaba sorprenderlo en el auto, quizás porque ahí me resultaba más vulnerable. Saber que tenía un timón al frente me hacía sentir que no podía volcarse sobre mí y dejar de manejar.

Pero cuando estábamos en la cama él tenía el control. Eso estaba claro.

diecisiete

V i a Bárbara de la Vega sentada en el mismo set en el que yo
había estado con Daniel hacía unas semanas. La Duquesa la
presentó como la esposa del famoso actor Daniel Hall. La música de entrada se detuvo y Bárbara saludó primero.

–Buenas noches.

–Buenas noches, Bárbara. Cuéntanos qué te trae por acá. Le
escribiste a nuestra producción y dijiste que tenías un anuncio
importante que hacer. Cuéntanos, de qué se trata.

Bárbara sonrió, acomodándose un mechón de su pelo negro
y largo, peinado todo hacia atrás con una vincha de diamantes.

–Vengo a anunciar públicamente que Daniel y yo no nos
vamos a separar. Seguimos siendo marido y mujer y no tenemos planes de divorciarnos.

–Pero él estuvo aquí hace unas semanas con su novia.
Anunciaron que estaban felices. Daniel dijo que ya no tenía
ningún tipo de intimidad contigo, que te tenía mucho cariño,
pero que solo eran amigos.

–No –y sonrió con malicia–. Eso lo dijo entonces para quedar bien con la chica esta, pero él sigue viviendo conmigo y

seguimos durmiendo juntos. Va a tener un hijo con otra mujer, y yo entiendo que eso es algo que ocurre hasta en los mejores matrimonios, pero saldremos adelante, dándole al bebé todos los cuidados que necesite.

–Entonces tú no crees que Daniel esté enamorado de Micaela.

–No. Yo creo que, mira, Daniel es un hombre muy exitoso, y con todas las chiquillas que están ahí afuera coqueteándole, es natural que tenga un desliz –se agarró el pecho, como victimizándose–. Yo lo entiendo.

"No lo puedo creer", pensé sin quitar los ojos de la pantalla. "Lo hace por conveniencia, ni siquiera lo ama".

–Así es. Como parece que últimamente a Daniel lo vinculan con esta muchacha, yo me siento en la obligación, como su mujer, de dejar claro cuál es el lugar de cada uno.

La Duquesa miró a la cámara.

–Bueno, ya hemos escuchado a la señora De la Vega. Ella ha dado su versión y déjame decirte, Bárbara, que yo estoy contigo, que los hombres cuando son muy famosos y muy guapos y muy inteligentes como Daniel Hall, que definitivamente es un orgullo nacional, a veces pierden de vista sus prioridades. O se enfocan mucho en el trabajo y se olvidan de la familia, o se olvidan de la familia y pierden la cabeza con las fans.

¿Las fans? ¿La Duquesa acababa de llamarme una fan? Hace unas semanas nos deseó mucha suerte a Daniel y a mí. ¿Y ahora le da la razón a ella? Sentí que me hervía la sangre.

–Ahora –dijo La Duquesa mirando a la cámara–. Vamos a terminar de dejar clara esta situación amorosa, enredada, pero a fin de cuentas amorosa, llamando a Daniel Hall a su celular. Sabemos que él está en el teatro La Escena haciendo su obra, pero quizás lo alcanzamos a encontrar si la función aún no ha empezado.

–¡Qué imprudentes! –grité en mi sala–. ¡Yo jamás lo llamaría antes del show! ¡Los actores necesitan concentrarse antes de salir al escenario!

Me tapé la boca y seguí mirando. La pantalla se dividió en dos y en una parte se veía la cara de La Duquesa y en la otra un teléfono sonando.

–¿Sí? –contestó la voz de Daniel agitado.

–Hola Daniel soy La Duquesa ¡estás al aire!

–Ah, hola –contestó él como apurado, ocupado en otra cosa.

–Quería preguntarte si tú y Bárbara siguen siendo esposos.

–Eh… –y se escuchó un ruido como si le estuviera entrando aire al auricular–. Sí, seguimos siendo esposos.

–Entonces tu relación con esta chica no es nada serio, ¿tú y Bárbara seguirán casados?

Vi la sonrisa maquiavélica de Bárbara: Daniel estaba cayendo en la trampa. "¡Cuelga, Daniel, cuelga!", pensé.

–Micaela es mi novia y vamos a tener un bebé –y volvió el sonido, la conexión se sentía cada vez peor.

–Sí, pero al parecer eso no cambiará nada con Bárbara, ¿no? –lo interrumpió La Duquesa.

Entonces la llamada se colgó o él corto. Se perdió la conexión y la cara de Bárbara parecía de triunfo. Había conseguido lo que quería: confundir a la gente. Mantener la falsa idea de que ella y Daniel seguían siendo esposos y yo solo una amante de segunda.

La Duquesa le pidió unas palabras finales a Bárbara y ella solo dijo gracias y se despidió con la mano, exhibiendo un llamativo reloj de oro.

Apagué la televisión. Solo pensar en los comentarios y los titulares del día siguiente me revolvía el estómago.

Me quedé un rato largo sin hacer nada. Entré a Facebook. Miraba la pantalla, ponía "actualizar" a la página cada dos minutos, como si alguna buena noticia pudiera salir de allí.

La imaginé saliendo del canal, posando para los camarógrafos. Levantando una mano, acomodándose la vincha. Sonriendo maliciosa, triunfadora.

Lo que acababa de hacer era un golpe bajo.

Un rato después sonó el teléfono de la casa y presentí que era él.

—Estoy saliendo del teatro, voy para tu casa. No sabes lo que ocurrió...

—Lo sé, Daniel, sé lo que ocurrió.

—¿Lo viste? ¡Me dicen que Bárbara estaba ahí!

Me quedé en silencio. La rabia se apoderó de mí.

—No mereces ser el padre de mi bebé.

Y colgué.

dieciocho

Llegamos al hotel, pero antes de entrar al cuarto paramos en el bar a tomar algo.

—¿Con cuántos hombres te has acostado?

La pregunta me tomó por sorpresa.

—No pongas esa cara, eras tú la que quería comunicarse, ¿no?

—Ahora lo usas como excusa para satisfacer tu curiosidad.

Tomó un sorbo de su copa de champagne.

—Bueno, si no quieres contarme no lo hagas.

—Tres hombres. Uno de ellos fue mi novio por un año, con el otro salí seis meses y el tercero fue una noche de copas.

Me miró con una media sonrisa. Creo que esperaba un número más alto. Parecía satisfecho con mi inexperiencia.

—Cuéntame del tercero.

—Se llama Mario, es un amigo del colegio. Fuimos mejores amigos por mucho tiempo hasta la noche en que nos emborrachamos en el balcón de su cuarto y terminamos tocándonos en dos tumbonas. Fue lindo en el momento, pero luego ya no tanto, porque eso malogró nuestra amistad y ya nunca volvió a ser lo mismo.

–Así que se tocaron en su balcón –dijo, mirándome con intensidad. Parecía estar imaginando la escena.

–Sí –añadí–. ¿Y tú, cuántas mujeres?

–No tantas como crees, pero bastantes más que tres –hizo una pausa–. Ninguna como tú.

Tal vez usaba el piropo para distraerme y no contestarme la pregunta. El comentario me había derretido, pero sentí otra vez que no quería hablarme de él.

–No me has contestado.

Rió en voz alta.

–Eres una chica astuta. ¿Cuántos años tienes?

Entonces sentí que me estaba subestimando, burlándose de mí. Decidí que no iba hacer una escena como la de la noche anterior en el cuarto de hotel.

–Veintiséis, ¿y tú?

–Treinta y nueve.

–Tu edad está bien, pero no tu renuencia a hablar de ti.

–Doce mujeres, casi todas antes de Bárbara, mi mujer. Estando con ella, después de nuestro acuerdo de libertad sexual, tuve dos amantes. Duraron poco. Seis meses como mucho. Pero ya te digo, ninguna como tú.

–A mí me pasa lo mismo. Ninguno como tú.

Le sonreí y sentí que me brillaron los ojos.

–Tenía ya un tiempo sin regalarle rosas a nadie.

Volví a sonreír.

–Tenía ya un tiempo sin tener un amante famoso.

Él se rió fuerte y yo con él y me sentí orgullosa de que celebrara mi broma tonta.

—Me encanta sentir que te corrompo —murmuró, en uno de sus habituales ataques de sinceridad.

Entonces tuve claro que mi inexperiencia en la cama había sido notoria a pesar de mi deseo y mis absurdas ganas de tener el control en la cama al inicio.

—Se me ha ocurrido algo —dijo y se puso de pie.

No supe si seguirlo. Se paró tan rápido que decidí quedarme sentada. Le di un largo sorbo a mi copa de champagne. Miré a la gente que estaba ahí. Me pregunté si Daniel ya le habría hablado de mí a su mujer. Me pregunté cómo era que funcionaba exactamente ese contrato de libertad sexual. ¿Él estaba obligado a contárselo? ¿O la libertad era también para que él decidiera si se lo contaba o no? No sabía si se lo había contado y la verdad es que me daba curiosidad. Pensé que a lo mejor no se lo había contado, porque estábamos saliendo hacía pocos días. Igual la gente que estaba en el bar lo había reconocido y nos habían visto conversando con cierta complicidad. A juzgar por sus actos, tanto en el restaurante como ahora en el bar, Daniel no parecía tener intenciones de esconderme. Eso me gustaba.

—¡Despierta! —me dijo alguien y era él parado a mi lado.

Me paré de prisa y él me hizo una señal de que lo siguiera y luego le hizo otra al mozo para que le cargara las copas a la habitación.

Caminamos uno al lado del otro al ascensor y cuando las puertas se cerraron vi que apretaba uno de los botones superiores, como si me estuviera llevando a los pisos de arriba. Me inquieté por lo que iba a suceder. El corazón comenzó a latirme de prisa. Sabía que tendríamos sexo. Volvió la ansiedad y sentí su mano en mi trasero. Miré para abajo y luego lo miré a él. Vi que su pantalón se había hinchado. De nuevo la erección intimidante. El ascensor se detuvo y las puertas se abrieron y sentí su mano acariciándome entre las piernas. Caminamos por un pasillo sin hablar, él me guiaba con la mano en mi trasero y cuando llegamos al cuarto sacó una tarjeta y abrió la puerta y me hizo pasar, pero antes me dijo:

–Tu historia del balcón me dio una idea.

diecinueve

Esa noche Daniel no vino a verme. Estaba en mi cama y no podía dormir. La cabeza me daba vueltas. No podía dejar de torturarme: "No debí decirle eso, no debí decirle eso". En el fondo sabía que él no había tenido la culpa. No sabía que Bárbara estaba ahí en el estudio y aunque fue imprudente por no colgar la llamada supongo que no lo había hecho por ese afán suyo de controlarlo todo, de caer siempre parado.

Finalmente, gracias a la somnolencia del embarazo, me dormí con toda clase de pensamientos culposos.

Desperté sobresaltada en algún momento de la madrugada y miré el reloj. Las cuatro y cuarenta. Sentí náuseas. Fui al baño y vomité lo poco que había comido el día anterior. Sentí que no podía ir a trabajar así. Pensé que quizás sería prudente sacar una licencia de descanso.

Volví a la cama. Escuché a los pájaros madrugadores. Prendí la computadora, puse "Daniel Hall" en Google y me aparecieron dos o tres titulares escandalosos: "Daniel Hall y Bárbara de la Vega siguen juntos", "Hall sigue enamorado de su mujer", "Hall tiene dos mujeres".

Miré mi mesa de noche y vi el papel con la clave del correo

de Bárbara. Entré a espiarla y leí algunos de sus correos. No encontré novedades de su amante. Solo vi uno de su madre que le decía: "La perra adoptada ya dio a luz. Avísame si sabes de alguien que quiera llevarse un cachorro. Otra cosa, ¿en qué estabas pensando al ir al programa de La Duquesa? Una dama no va a un programa de televisión jamás y menos a ese. Tú eres de buena familia, así que hazme el favor de comportarte como tal".

Me pregunté de qué perra estaría hablando. No le di mayor importancia. Apagué la computadora y traté de dormir.

Volví a despertar a mediodía pensando en Daniel. Por un momento tuve la sensación de que lo ocurrido la noche anterior había sido un sueño. Me costó caer en la cuenta de que no había sido así.

Puse una mano sobre mi vientre y me dije "ni cagando". Entonces me paré de la cama y me duché y me vestí aguantando las náuseas y el mareo y decidí buscarlo a su casa. Llamé a mi doctor, hice una cita con él para la tarde. Me puse una casaca de jean y salí sin comer nada para no correr el riesgo de vomitar por el camino. Me miré en el espejo del ascensor. Tenía la cara pálida, de un tono casi verdoso. Pensé en comer algo, pero luego descarté la idea, porque de todos modos lo iba a vomitar. No había engordado nada en lo que iba del embarazo, al contrario, me sentía más delgada. Sentía que mi vientre se hinchaba un poco cada día, pero mis brazos y piernas iban adelgazando lentamente.

Saludé con una venia al portero y caminé en dirección al departamento de Daniel. En el camino alguien que limpiaba unos autos en la calle me silbó. Lo miré con asco y pensé: "Me pregunto cómo reaccionaría si supiera que estoy embarazada. Que ahí donde él fantasea con meterla hay una vida".

El portero me reconoció y me dejó entrar. Subí al ascensor

y marqué el número cinco. En el número seis vivía Bárbara. Cuando se abrió la puerta del ascensor y estuve frente a la puerta del departamento de Daniel caí en la cuenta de que estaba cerrada con llave. El ascensor daba directamente a la entrada de la casa, era un departamento por piso. No podía abrir la puerta. Intenté mover la manija pero fue en vano.

Me quedé parada mirando la puerta del departamento como si tuviera poderes mágicos para abrir cerraduras con la mirada, dudando si tocar. De pronto sentí que el ascensor se movía y subía un piso. Pensé en Bárbara y sentí un escalofrío. Rogué a todos los santos que no hubiera sido ella quien había llamado al ascensor. El ascensor subió un piso y antes de que pudiera pensarlo dos veces, la puerta volvió a abrirse y me sorprendí delante de un departamento que parecía ser el de Bárbara. La puerta estaba abierta. Mientras apretaba frenéticamente el botón para bajar, llegué a ver parte del departamento y a contaminarme con la mezcla de olor a cigarro y a comida. Antes de que la puerta se cerrara, oí la voz de Bárbara, no sé si hablando por el celular o con la cocinera, taconeando cada vez más cerca.

Volví a respirar cuando el ascensor se cerró y bajó. Entonces, quizá por desesperación, quizá por amor, golpeé la puerta de Daniel una y otra vez, bloqueando con un pie la puerta del ascensor para que no se volviera a cerrar. Me quedé ahí medio minuto hasta que sentí que alguien sacaba el seguro al otro lado. Daniel me miró con mala cara, como diciendo: "Qué rayos haces aquí". Pero no me dijo nada por delicadeza, por ese afán de siempre ser un caballero, incluso en los momentos más extremos. Lo miré con cara de gatito desnutrido y me hizo pasar sin decir palabra. Estaba despeinado, con un pantalón de buzo gris y sin polo, parecía que acababa de hacer deporte.

–Lo siento, no debí decir eso.

No dijo nada y me besó en la mejilla. Caminó a la cocina y yo lo seguí, y comprendí que aún estaba molesto. El beso en la mejilla había sido solo una manera de calmarme.

Se sirvió un jugo de algo que parecía naranja y me ofreció algo de tomar. Le dije que no gracias y me agarré la barriga como recordándole mis náuseas.

–No he podido hablar con Bárbara. Le he mandado ya varios mails desde temprano diciéndole que quiero hablar con ella. He subido a tocarle el timbre incluso, pero no me abre la puerta. Al parecer presiente que voy a encararla por lo de anoche. A eso de las once de la mañana me escribió un mail que decía que estaría fuera el fin de semana, que se iría a Arequipa a la boda de una de sus mejores amigas y que le diría a todos que yo estaba con fiebre y por eso no había podido acompañarla. Ni una palabra sobre mis mails anteriores, como si no existiesen. ¿Puedes creer el nivel de locura de esta mujer? Francamente no la reconozco, o bueno sí, no sé. No sé en qué momento se volvió tan despechada. Quiero pedirle que nos separemos y no me deja hablarle, simplemente no me deja.

Lo miré en silencio. Sabía que estaba en falta así que no quería decir nada que lo molestara. Al menos apreciaba que me contara todo esto. Sabía que luego hablaríamos de lo que había pasado en la televisión.

–Al menos vamos a tener unos días de calma –dijo con voz ronca, pero aliviada.

Sonreí. Sonreí aún más cuando noté el comienzo de una erección a través de su pantalón de buzo.

–Vamos a la cama –se dio media vuelta, caminado hacia los cuartos.

veinte

Al principio no entendí. Pero luego vi la habitación, enorme, la más lujosa que había visto en mi vida. Vi la cama de tres plazas, los sofás al lado, la puerta de vidrio que daba a un balcón con jacuzzi.

Daniel se quitó el saco, lo puso sobre uno de los sofás. Se quitó los zapatos. Entró al baño, se lavó las manos y cuando salió me dijo:

–Hoy quiero que hagas todo lo que yo te diga.

Miré a mi alrededor. No me sentí del todo cómoda. Una puta de lujo.

Se acercó a mí y me besó en la frente.

–Ya verás que te va a gustar.

Me quité los zapatos y me lavé las manos y cuando salí vi que sacaba del mini bar una botella de champagne y dos copas y las sacaba al balcón. Vi que llenaba el jacuzzi. Vi que sacaba un condón de su bolsillo y lo ponía al lado de las copas. Luego vi que me llamaba desde afuera con la mano.

En ese momento fue evidente que él tenía el triple de experiencia en comparación a mí y me dio un poco de miedo. Al fin de cuentas no lo conocía muy bien. Podía resultar que era un depravado o un loco con gustos raros. Lo recordé jalándome el pelo la primera noche y lo que me había dicho ahora en el bar: "me gusta corromperte".

Corrió la puerta de vidrio.

–¿Te vas a quedar parada ahí toda la noche?

Salí al balcón y me quedé deslumbrada por la vista. Se veía toda la ciudad. Los puntos amarillos de los focos y las luces de las casas se perdían en el horizonte.

–Es linda la vista.

–Yo tengo una vista mejor de acá –dijo sujetándome por la cintura.

Estaba detrás de mí. Me hizo sentir su sexo duro en el trasero. Me desabrochó el pantalón y me sacó el polo. Levanté los brazos para facilitarle la operación. Luego me sacó el sostén y me tocó los pechos por detrás. Sentí los pezones endurecidos bajo sus manos y el viento tibio en el vientre. Me bajó el pantalón y el calzón. Puso una mano entre mis piernas y comenzó a tocarme como solo él sabía hacerlo. Separé las piernas y sentí sus dedos jugando con mi sexo por fuera. Luego un dedo entró con suavidad y él empezó a frotarme con la palma de la mano. Con el otro brazo me apretaba contra su cuerpo para que sintiera su sexo firme restregándose contra mí. Se detuvo cuando yo estaba a punto de terminar y me dio la vuelta. Le quité la correa y comencé a abrirle el pantalón mientras se desabotonaba la camisa. Toqué su pecho desnudo. Cuando sentí su erección contra mi barriga me agaché y se la chupé. Pero entonces me detuvo otra vez:

–Hoy vamos a hacer lo que yo diga. Entra al jacuzzi.

Me deshice de mis pantalones, que estaban remangados en mis talones, y me metí al agua. Él entró conmigo. Me besó en el agua tibia. Un beso largo y húmedo. Su lengua jugando con la mía. Sus manos en mis pechos.

—Siéntate en el borde del jacuzzi.

Me quedé mirándolo.

—Hazlo.

Lo obedecí. Me senté en la esquina del jacuzzi, con la espalda apoyada en la pared y las piernas juntas, flotando en el agua.

Él se sentó en el extremo opuesto, pero dentro del agua.

—Separa las piernas

Hice lo que me pidió.

—Pon una pierna en cada borde de la tina.

Obedecí en silencio.

—Ahora tócate.

Comencé a tocarme. Cerré los ojos para aguantar el pudor. Conforme me iba excitando, fui desinhibiéndome. Sentía mi cuerpo caliente a pesar de la brisa. Sentía mis mejillas ardiendo. Abrí un ojo y vi que él también se tocaba bajo el agua.

Vi que se paraba y salía del agua y dejé de tocarme. Vi que caminaba a la mesa del champagne, lo destapaba sin dificultad y servía dos copas. Lo vi traer las copas, una en cada mano y el condón entre sus dedos.

—Será una noche inolvidable —me dijo y tomamos un sorbo.

Él puso su copa en el borde de la tina y tomó la mía y la puso suavemente en mi sexo y sentí que el frío me calmaba la excitación, pero me refrescaba. Era una sensación deliciosa. Con la copa en la mano se agachó y comenzó a besarme ahí abajo, moviendo la lengua con una destreza que me hacía delirar. Cuando me sentía cerca al orgasmo paraba y me ponía la copa helada muy despacio, y luego seguía, alargando el placer y torturándome de esa manera tan peculiar.

–¿Quieres más?

–Sí, quiero.

Puso la copa en el borde del jacuzzi, junto a la otra copa y tomó el condón. Lo abrió y lo desenrolló en su sexo erguido y mojado.

–¿La quieres adentro?

–Sí.

–Pídemelo.

No lo pensé demasiado, realmente lo quería.

–Métemela.

Entonces me embistió con una fuerza que no me esperaba. Sentí todo su sexo dentro de mí y lo miré a los ojos y me encontré con esa mirada turbia y sus labios entreabiertos. Pasé una mano por sus abdominales marcados. Se movió una, dos veces y me vine con los brazos alrededor de su cuello, sintiendo sus gemidos en mi oreja y su cuerpo entrando y saliendo de mí. Unos segundos después él empezó a moverse cada vez con más fuerza, al punto que casi me dolía, y se corrió dentro de mí, clavándome los dedos en la piel.

veintiuno

Por la tarde fuimos juntos al doctor y después de revisarme, me dijo que dado que mis náuseas eran severas, era mejor que reposara. Me dio un descanso médico hasta el parto. Pensé que no lo habría conseguido tan fácilmente si no hubiera ido con Daniel.

Luego fuimos a comer algo ligero a un café.

Ya de noche él se fue al teatro y me dejó en el departamento. El portero me detuvo cuando estaba por entrar al ascensor. Me dijo que me habían dejado un encargo y me dio un maletín deportivo de color morado. Lo quedé mirando sin entender hasta que vi asomarse por el cierre del maletín una cabecita de ojos saltones. Le dije al portero que ese cachorrito no podía ser para mí y me dijo que sí, que por la tarde había venido en un taxi una mujer de piel morena y pelo ensortijado y le había dejado el perro a mi nombre. Él había preguntado quién lo mandaba y ella había dicho: "La persona que se lo envió de regalo dice que en un rato va a llamar."

—¿No le avisaron del regalo? —preguntó el portero, como si el error hubiese sido mío.

—No —dije, y volví a mirar al perrito—. No me ha llamado nadie. Nadie me ha avisado de esto.

No tuve más remedio que recibir al animal, porque no me daba el corazón para dejarlo toda la noche con el portero.

–Vino con esto –me alcanzó una bolsa pesada de comida para perros.

Subí a mi departamento y cuando abrí el maletín el perro salió corriendo y alcancé a ver que había una nota dentro. Era una tarjeta blanca. La abrí y leí las mayúsculas en tinta negra:

PERRA

Entonces descubrí de quién era el "regalo". Miré la entrepierna del cachorro y vi que era hembra. Miré al animalito mover la cola frenéticamente mientras olisqueaba cada mueble. Lo vi hacer caca debajo de la mesa. Recordé el mail que había leído sobre la perra adoptada que había dado a luz, y me dije en voz alta: "Esta sí me la vas a pagar, loca de mierda".

Esa noche le enseñé a Daniel lo que había leído en el correo de Bárbara sobre la perra que dio a luz. Leímos una y otra vez el correo: era evidente que había sido ella quien me había dejado el animal.

–Es la primera vez que veo que el delito puede llegar a ser tan útil –murmuró él, con los ojos en la computadora.

Lo miré arrugando la nariz.

–Entrar a una cuenta de correo electrónico que no es tuya es casi un crimen, Micaela. Que esta sea la última vez. Si Bárbara se da cuenta de que hay alguien más dando vueltas en su cuenta de correo electrónico puede rastrear tu IP y ahí sí nos jodemos.

Me dejé caer en la cama y dije:

–Okay, señor tecnológico. Voy a tener más cuidado. Pero

no puedes pedirme que no entre a su cuenta en medio de esta guerra, sobre todo cuando... –me callé al ver que estaba echándose sobre mí.

–Daniel, más respeto, soy una mujer embarazada –dije, encendiéndome con sus besos en mi cuello.

Solo Daniel podía hacerme sentir deseada a pesar de estar embarazada. A pesar de tener ya un poquito de barriga. Metí mis manos en las mangas de su camisa corta y toqué sus hombros bien formados. Le abrí dos botones de la camisa y pasé una mano por los suaves vellos de su pecho. Sentí su erección entre las piernas y deseé que estuviera dentro de mí. Sentí cómo se movía a un ritmo pausado. Moví las caderas hacia adelante, siguiendo su movimiento. Estaba desabrochándose la correa cuando escuchamos que alguien rascaba la puerta del cuarto. Yo di un salto como si alguien nos hubiera descubierto.

–Creo que es la perra –dijo.

Se paró de la cama y abrió la puerta. El animalito entró corriendo, moviendo su diminuta cola, haciendo sonidos parecidos a un ladrido.

–Me asusté –dije y cuando miré a Daniel me di cuenta de que estaba furioso.

–Vamos a deshacernos de este animal –dijo abrochándose la correa.

–¿A dónde lo vamos a llevar? –pregunté.

–Al lugar de donde vino –respondió cargando al perrito con una mano–. Y no creas que me voy a olvidar, cuando volvamos serás mía.

Quince minutos después, Daniel y yo estábamos en el ascensor de su edificio. Yo llevaba a la perrita en el maletín y Daniel me miraba muy serio, así que preferí no preguntar qué estaba planeando exactamente.

Paramos en el piso de Bárbara y tocamos la puerta. Yo no me puse nerviosa, porque sabía que la viajera Barbarita no estaría en casa todo el fin de semana.

Tocamos la puerta y nos abrió una señora entrada en carnes y en años. Llevaba el pelo recogido y sandalias negras. Me llamaron la atención sus tobillos anchos, inflamados, cansados de trabajar, la mirada noble y la sonrisa desinteresada. Hacía tiempo que no veía una mujer tan auténticamente cariñosa con Daniel y conmigo.

–Margarita, esta es Micaela –dijo Daniel.

La mujer me sonrió como si ya supiera de mí. Nos hizo pasar a la casa, no sin antes echarle un vistazo al animal intruso. Nos ofreció algo de tomar y fue a la cocina por unos vasos de agua con gas. Daniel me quitó la mochila y soltó a la perrita.

Eché un vistazo a la decoración y no me pareció mala. Por supuesto, estaba inspirada en las decenas de revistas de moda que había en las repisas, donde apenas asomaba una que otra novela conocida, que suponía que Bárbara no había leído. Me llamó la atención lo rápido que había decorado esa casa a la que acababa de mudarse. Me pregunté cómo habría pagado la decoración y miré a Daniel sentado en el sofá, casi recostado. Tal vez ya se había sentado antes ahí.

Margarita regresó con nuestros vasos de agua con gas. Me alcanzó el mío con una amabilidad que parecía desentonar con la mala energía y el olor a cigarro que había en la casa. Luego se quedó ahí parada, mirándonos, como incómoda con mi presencia. Debía suponer que no podía confiar en mí.

–He venido a traerle un regalo a la señora Bárbara –dijo Daniel.

veintidos

Para: Micaela
De: Daniel
Asunto: Solo Micaela
me encantó anoche.
¿todavía ves a esos chicos con los que tuviste sexo?

Para: Daniel
De: Micaela
Asunto: Solo tuya
no, ni tengo ganas.
si no eres feliz con tu esposa, ¿por qué sigues casado?

Esperé diez minutos, veinte, treinta, una hora. No hubo respuesta. Me sentí mal por haberle hecho la pregunta. Me eché en el piso y puse una canción de Matchbox 20. Me deprimí. No sabía bien adónde iba todo esto, por qué estaba ocurriendo, solo sentía que debía seguir, dejarme llevar. Luchar contra ello me iba a resultar imposible y él me hacía sentir cosas que nunca había sentido. Cuando la canción terminó me senté en la computadora y encontré un correo suyo.

Para: Micaela
De: Daniel
Asunto: Te extraño
te lo cuento después del teatro con una copa de vino, ¿te parece?

Para: Daniel
De: Micaela
Asunto: El canadiense
solo si tomamos ese vino canadiense que me encantó.
ya quiero que sea de noche.
te extraño más.

Para: Micaela
De: Daniel
Asunto: Chica mala
pensé que el canadiense era el cuarto amante.
me asusté.
me vengaré esta noche.
te haré sentir cuánto te deseo.

Para: Daniel
De: Micaela
Asunto: La dulce tortura
soy tuya.
puedes hacer conmigo lo que quieras.

Para: Micaela

De: Daniel

Asunto: Corromperte

se me ocurren muchas cosas.

quizá puedan llegar a gustarte.

me voy a la ducha.

la tengo dura.

pensaré en ti.

Para: Daniel

De: Micaela

Asunto: Deberías modernizarte

estoy en mi cama.

y me estoy tocando.

apuesto a que no sabes usar la webcam.

Para: Micaela

De: Daniel

Asunto: Hacerte el amor

claro que sí, ¿por qué piensas que no?

me encanta la tecnología.

pero no uso webcam para esos asuntos porque puede ser

    peligroso si uno es famoso.

solo por eso, que sino...

me temo que hablaremos poco esta noche.

Apagué la computadora con el corazón latiendo muy rápido y las mejillas enrojecidas. Agarré mi iPod y salí a caminar. Tenía que moverme, botar toda la ansiedad. Todo el camino tuve esta frase en la cabeza: "Se me ocurren muchas cosas. Quizá puedan llegar a gustarte".

veintitrés

Después de dejar el perro, Daniel y yo bajamos a su departamento. Hicimos el amor apoyados en uno de los reposteros de la cocina y luego fuimos a su cuarto a ver una película. En el camino no pude evitar la curiosidad de entrar al ex cuarto de Bárbara.

—¿Todavía sigue lo que pintó el día que vio nuestras fotos en el hotel? —pregunté, tratando de ser discreta.

Daniel soltó una carcajada. Su humor había cambiado por completo gracias al sexo en el repostero.

—Así que la señorita Micaela resultó ser muy curiosa.

—¡Nada que ver! Solo quería saber si seguía ahí o no —dije, y no pude ocultar la sonrisa.

Daniel me abrazó por detrás y me lamió el cuello.

—¡No hagas eso! —grité, riendo—. Daniel no es broma, soy una mujer embarazada, más respeto, acabábamos de hacerlo en la cocina, de veras que eres incansable.

Daniel sonrió dejando ver sus dientes blancos perfectos. Hacía mucho que no lo veía sonreír así.

—No vengas a hacerte la monja de claustro, mi amor. No ahora que podemos hacerlo sin condón, más rico todavía.

Me reí y crucé los brazos haciendo un puchero. Quería verlo sonreír así una vez más.

–¿O sea, antes no era tan rico?

–Claro que sí, tontina –respondió sonriendo de esa manera tan dulce y elegante–. Ven, te enseño su ex cuarto.

Abrió la puerta, pero por alguna razón no me atreví a entrar. Solo lo miré de afuera. Era un cuarto enorme, con una cama de dos plazas y un tocador con un espejo que parecía antiguo, pero bonito.

–Esa fue la pared donde escribió los insultos –dijo Daniel y señaló la pared que estaba encima de la cabecera de la cama.

Un escalofrío me recorrió la espalda.

–¿Estás bien?

–Sí, solo que a veces esta mujer me da miedo de veras.

–A mí también –confesó despacio–. No sé qué ha ocurrido con ella. Ha tenido este brote psicótico y no la reconozco.

–¿Nunca fue así con tus ex novias?

–Jamás.

–¿Y entonces por qué crees que conmigo se ha puesto así? ¿Por que lo hemos hecho público?

Apretó los labios y movió la cabeza de arriba abajo. Luego cerró la puerta. Fuimos a su cuarto. Cerramos la puerta. Enseguida se sintió una mejor energía.

Estaba mirando la colección de películas que Daniel tenía en un portaDVDs de aluminio.

–Pon la que quieras –vuelvo con algo rico para comer.

Sonreí y traté de encontrar alguna. Reconocí varias, pero eran tantas que no sabía cuál elegir.

Finalmente opté por *Charlie y la fábrica de chocolate*. La puse y me eché en la cama. A los cinco minutos vino Daniel cargando una fuente de madera.

–Qué gran anfitrión –dije sonriendo– yo no te trato así de bien cuando vas a verme.

–Es lo que mereces –me dijo y me dio un beso en la frente.

La frase me trajo malos recuerdos. Me distraje enseguida mirando lo que había traído para comer. Piña fresca cortada en cubos y unas pequeñas pizzitas de jamón y queso.

–¿Tú has hecho esto en cinco minutos? –le dije, tomando una pizzita–. Yo no hubiera podido ni en tres horas. Bueno tal vez en tres horas sí, pero no me hubieran quedado tan bien como a ti.

–Para tomar traje agua con gas y limón, por si te dan náuseas.

Me quedé un rato mirándolo a los ojos. Me paré de la cama y lo abracé.

–Claro que mereces ser el padre de mi hijo. Soy yo la que no merece a un hombre como tú.

–No digas eso, Micaela. Tú me has enseñado mucho sobre el amor. Todo esto no es por mí, es por ti.

Miré la bolita que había en medio de su cuello, lo que llaman "la manzana de Adán". Me gustaba ver cómo se movía de arriba abajo cuando hablaba y cómo generaba esa voz ronca que me tenía cautivada.

Cuando acabó la película, Daniel puso los canales de cable. Avanzó unos cuantos canales hasta que nos topamos con la cara de Bárbara en televisión.

Esta vez no estaba dando una entrevista, no en un set de televisión al menos. Unas cámaras habían ido a la boda a la que también había asistido Bárbara. Era un reportero con una cámara de un programa farandulero que hacía preguntas a las personas más distinguidas o divertidas de la fiesta.

–¡Y acá estamos con la elegantísima Bárbara de la Vega! –gritó el reportero.

–¡Hola! –respondió Bárbara, sonriente.

Tenía un vestido de lentejuelas plateado, ajustado y escotado por detrás. El pelo negro recogido en un moño con un arreglo que combinaba con el brillo del vestido. El maquillaje resaltaba sus ojos pardos, sus cejas altas y su diminuta nariz. Parecía una princesa de un cuento, pero una princesa mala. Sus facciones eran todas muy delicadas, pero sus cejas apuntando hacia arriba le daban un aire de maldad o de locura en la mirada.

–¿No vino con su esposo, el famoso actor Daniel Hall?

–Ay, no fíjate que está indispuesto. Le dio un ataque de fiebre al pobre, ay no, le dije que se quedara en la casa descansando y así el lunes llegaba sanito al teatro. ¡Pero yo no podía dejar de venir, porque no podía fallarle a mi amiga Paquita Larrañaga!

Tuvo que gritar en la última frase porque el reportero había visto que entraba una actriz de moda y, al igual que otros cuatro reporteros, había decidido correr hacia ella.

Daniel y yo soltamos una carcajada al mismo tiempo. La mirada de sorpresa de Bárbara cuando la cámara se iba fue una imagen inolvidable.

–Sí, claro, ataque de fiebre –dijo Daniel, dejando de reír.

Puse un dedo en mi cabeza y lo moví en círculos.

Daniel volvió a reír y me dijo:

–Al menos te tengo a ti.

–Y yo a ti, Daniel.

–Me alegra que no te hayas alejado con todo lo que te ha hecho esta loca. Pero tranquila, que cuando llegue le digo que este circo se ha terminado.

–Menuda sorpresa se va a llevar cuando vuelva de Arequipa –murmuré, tomando una pizzita más.

veinticuatro

Esa noche pasó por mí y fuimos al hotel, al mismo cuarto
con balcón y jacuzzi de la noche anterior.

Apenas entramos al cuarto me lanzó en la cama y me des-
vistió con mucho cuidado. Luego se quitó la ropa y se quedó
en boxers. Sacó su celular, su billetera y las llaves de la camioneta y los puso sobre la mesa de noche. Abrió el mini bar, sirvió dos copas de champagne y se tumbó a mi lado.

–Este no es un tema del que me gusta hablar y tengo miedo
de que después de esta conversación salgas de la habitación
con ganas de no verme nunca más.

–¿Por eso me quitaste la ropa? ¿Para asegurarte de que
no salga tan rápido y puedas detenerme mientras me visto?
–bromeé, a sabiendas de que hablaríamos de su esposa.

Se rió. Ya iban dos bromas tontas que me celebraba.

–Vas a pensar que soy un mal tipo. Pero al menos voy a decirte la verdad –hizo una pausa y clavó la mirada en el techo–.
No me he divorciado por dos motivos. El primero, porque
Bárbara no quiere divorciarse y no encuentro una razón para
apurarla. Ella me da la libertad sexual que necesito y la ver-

dad es que no se mete mucho en mi vida ni yo en la suya. Si nos divorciamos, como soy famoso, sería un escándalo mediático que tanto ella como yo preferimos evitar. Mi idea del amor o del deseo no corre por escrito, es decir que ya no amo ni deseo a Bárbara a pesar de que estamos casados. Las mejores relaciones que he tenido han sido fuera de mi matrimonio y puede que todo esto te suene descarado, pero ya estoy grande para vivir mi vida como otros esperan. No le miento a mi esposa, no le hago daño a nadie. La segunda razón es de dinero. Si me divorcio de Bárbara ella se quedaría automáticamente con la mitad de mi patrimonio. Así son las leyes aquí, cuando hay un divorcio la esposa se queda con la mitad de todo. Así que haciendo las sumas y las restas, me cuesta menos mantener a Bárbara que divorciarme de ella. Fríamente, el divorcio es un mal negocio para mí. Tú me gustas, pero tienes que saber que no me voy a divorciar. Si lo nuestro va por buen camino, podría considerar separarme, pero no divorciarme. ¿Me sigues?

–Te sigo –contesté secamente–. Me estás diciendo que quieres tener un relación conmigo, pero siempre y cuando sea en secreto y que vas a seguir casado con tu esposa.

–No, lo nuestro no tiene que ser secreto. Se lo diré a Bárbara cuando lo crea conveniente, aunque en nuestro acuerdo no estoy obligado a informarle inmediatamente si estoy teniendo un romance con una chica. Yo no te escondo. Si te escondiera no te traería a este hotel, no pasaríamos por el bar a tomar una copa, no me mostraría contigo. Solo te estoy diciendo que no tengo planes de divorciarme.

Me quedé en silencio, procesando lo que me acababa de decir.

–Es importante que sepas que soy muy celoso de mi libertad, pero también me gustar hablar claro y decirte lo que pienso y lo que siento aunque eso te aleje de mí.

–¿Y hasta dónde llega esa libertad? ¿Tendrás más mujeres además de mí?

–Eso es improbable. Esto que me está ocurriendo contigo no estaba en mis planes. La última mujer con la que tuve sexo fue hace dos años y ya pensé que no llegaría otra. No soy promiscuo, solo creo en la libertad. Si tengo sexo contigo es porque de verdad me gustas. No creo que en el corto plazo encuentre a otra mujer que me haga sentir lo que me haces sentir tú. De veras creo que es improbable que llegue. Pero si aún así llega y me provoca tener sexo con ella te lo diré. De ahí tú eres libre de decidir si quieres seguir acostándote conmigo o no.

Pensé que este hombre era muy complicado, pero lo estaba siguiendo. Dentro de su frialdad encontraba cierta lógica en sus palabras. Además, me halagaba mucho lo que me estaba diciendo. Me alegraba sentir que él también sentía algo parecido, que no me estaba enloqueciendo sola.

–¿Lo mismo cuenta para mí? ¿Si yo encuentro a otro hombre que me gusta y quiero tener sexo con él y contigo, tú estarías dispuesto a compartirme?

–Tendría que estar en la situación, pero supongo que sí, si no me queda otra alternativa. Por supuesto que si eso ocurre preferiría saberlo, eso debes tenerlo claro.

–Entiendo. Creo que esto es lo que algunas personas llaman relación abierta –dije riéndome sin ganas.

Me quedé un momento en silencio. Él se sentó en la cama, como ansioso de mi respuesta.

–Creo que puedo con ello.

Respiró con alivio. Me miró a los ojos. Sentí que evitaba mirar mi cuerpo para no desconcentrarse.

–Los riesgos son los mismos que en una relación no abierta, para seguir con el término que utilizaste. Generalmente, en las parejas, cuando una de las partes tiene deseos de estar con otra persona, no se lo cuenta a la otra parte, lo esconde, miente. Eso es lo que no quiero entre nosotros, no quiero que haya mentiras. Yo siempre te voy a decir la verdad aunque te duela y yo espero lo mismo de ti. No soporto sentir que me mienten y odio aún más descubrir un secreto por el camino equivocado, ¿me entiendes?

Moví la cabeza de arriba abajo. En el fondo estaba un poco confundida, pero por alguna razón sentí que debía seguirle la corriente. Era un poco raro tener que hablar con alguien completamente desnuda.

–Te entiendo perfectamente. Me parece bien que nos contemos las cosas siempre. Es un buen comienzo.

Bajó la mirada y me recorrió el cuerpo con los ojos.

–¿No estás molesta?

–¿Alguna vez alguna de tus chicas salió corriendo cuando le dijiste esto?

–Las dos relaciones que tuve después de Bárbara se terminaron por eso. Ellas querían ir más allá y yo no y cuando les hablaba de estos límites se ponían tan tensas que iban matando de a poco la pasión.

Me abrazó. Apoyó su cabeza en mi pecho. Puse una mano en su pelo y jugué suavemente con él.

–Me encanta que hagas eso –me pasó la yema de los dedos por el vientre.

El contacto con su piel me erizaba, me ponía alerta. Uno de sus dedos bajó hasta mi sexo y se deslizó entre mis piernas. Me estremecí.

–Amo lo rápido que te humedeces –murmuró.

Cerré los dedos en su pelo y cerré los ojos. La respiración se me hizo más profunda, sentí el corazón golpeándome contra el pecho, todo mi cuerpo doblegándose, cobrando vida propia. Me sentí cerca del abismo y él me dejó ir y me vine de una manera exquisita, mientras él me acariciaba despacio y respiraba de manera entrecortada. Era la primera vez que dejaba que me corriera sin la dulce tortura a la que ya me venía acostumbrando.

Me quedé tumbada sobre la cama, agitada, con los ojos cerrados. Sentí que él me daba besos en la barriga y luego subía a mis pechos y después a mis labios. Noté que se paraba de la cama y cuando abrí los ojos estaba parado a mi lado, con una erección y una media sonrisa, invitándome a ponerme de pie.

Le di la mano y me levanté y me llevó a la mesa donde estaba el champagne. Tenía tanta sed que tomé la mitad de la copa de un sorbo. Luego me volvió a tomar de la mano y me condujo al baño. Apagó la luz blanca y dejó la luz amarilla. Me tomó por los hombros y me paró frente al espejo. Él se paró detrás. Empezó a besarme el cuello y a acariciarme los pezones, mirándome a través del espejo. Yo también miraba y aunque me daba un poco de pudor, me gustaba.

Mi cuerpo volvió a encenderse y moví despacio el trasero para hacerle saber que estaba lista para más. Entonces él me inclinó hacia delante, de manera que estaba con ambos codos apoyados en la larga repisa de mármol del lavamanos.

–No te muevas, por favor.

A través del espejo vi que salía del baño. Casi al instante regresó con un condón puesto. Me embistió sin decir una palabra. Un golpe de electricidad me recorrió el cuerpo. Sentí su sexo duro dentro de mí. Lo sentí moverse. Vi su cara y mi cara de placer en el espejo. La imagen era muy excitante. Era como ver una película porno con alguien que te gusta mucho.

–¿Te lo habían hecho así? –me preguntó con esa voz que ponía cuando estaba muy excitado.

–No –respondí gimiendo–. Nunca.

–¿Te gusta?

–Mucho.

–Mírame a los ojos.

Sentí que estaba a punto de venirme de nuevo. Lo miré.

veinticinco

Era domingo por la noche. Daniel y yo estábamos en la cocina comiendo una lasaña que él había preparado, cuando escuchamos un alarido que provenía del piso de arriba.

—¡Qué es esto! ¿De dónde ha salido este animal? ¡Margarita!

Daniel y yo nos miramos, alertas. Sabíamos que era ella, que acababa de llegar de Arequipa y había descubierto a la perra en su departamento. Nos quedamos inmóviles, como si esperásemos el siguiente grito de Bárbara.

—¡Qué regalo ni qué nada! ¡Margarita, eres una bruta!

Suponíamos que Margarita había tratado de explicarle que la perrita era un regalo de Daniel. Imaginé la cara de la pobre mujer tratando de defender lo indefendible. Sentí que Daniel y yo la habíamos utilizado para una venganza cruel. Imaginé a la mujer diciéndole a Daniel: Usted sabía que no era un regalo, señor, usted sabía que era una maldad hacerle eso a la señora Bárbara, ¿por qué le hizo eso?

Entonces escuchamos los tacos de nuevo. Sonaban tan fuerte que parecía que estaba caminando por las paredes. Los escuchamos más y más cerca. Escuchamos el ascensor bajar. Yo fui a esconderme. Dejé todo ahí y corrí hacia los cuartos. Sabía que la loca estaba fuera de control y que venía a buscarnos. Daniel se quedó en la cocina. Cuando sentí que se abría la puerta del ascensor, me encerré en el cuarto de Daniel y puse seguro. Me tapé la boca con la mano y sentí una presión en el vientre, el corazón a mil.

—¿Podrías explicarme qué mierda es esto? —gritó Bárbara.

Escuché las patitas de la perrita moverse alborotadamente sobre el piso de la cocina.

—Eso es una perra —dijo él, secamente.

—Daniel, no estoy para bromas, qué significa este animal en mi casa, quiero saber qué mierda hacían tú y esa chica en mi casa y por qué carajo me dejaron este animal espantoso.

—Te dejamos ese animal porque tú se lo dejaste a Micaela primero —Daniel respondió con voz tranquila.

—¿Tú estás loco, no? ¡Eso es mentira! ¿Quién te lo ha dicho, ¿ella? Ella siempre es la víctima de tantos ataques injustos, ¿no? Te voy a decir lo que es injusto, Daniel. ¡Es injusto que me hayas dejado como una cualquiera frente a todo Lima! Después de todos estos años que yo he sufrido siendo tu esposa, ¿así es como me pagas? Tantos años acompañándote, para que ahora te vayas con la primera mujer que te calienta la cabeza. ¡La dejaste embarazada! ¡Y la llevaste a la televisión! ¿Cómo carajo quedo yo después de todo eso?

Tragué saliva.

—Bárbara, voy a ser totalmente sincero contigo. Fuiste tú quien no quiso tener hijos. Yo te dije que estaba dispuesto a correr el riesgo contigo. Tú sabías de mi ilusión de tener un hijo. Yo te dije que eso podía ocurrir con Micaela, te lo avisé. No estaba en mis planes decirlo en público, pero La Duquesa lo iba a anunciar igual, ¿cuáles eran mis opciones? ¿No hablar del tema? ¿Desmentirlo? No. He esperado mucho tiempo este hijo y no pienso fingir que no existe, aunque eso te cause un ataque de nervios. Además, qué me vienes a hablar de humillaciones públicas, ¿ya te olvidaste de la trampa que me tendiste en el programa de La Duquesa?

–¿Y qué querías que hiciera? ¡Tenía que defenderme de alguna manera! Se suponía que yo sería tu esposa siempre. En eso habíamos quedado. Y de pronto te veo en la televisión con otra mujer muy campante diciendo que es tu novia y que está embarazada, ¿cómo mierda crees que me cayó eso? Ni siquiera tuviste la amabilidad de decírmelo en mi cara, ¡cobarde!

–¡Cómo te lo voy a decir en la cara si nunca estás y cuando estás casi nunca quieres hablar! Además ese día todo fue muy rápido. Te llamé al celular dos veces antes de salir a la entrevista y no me contestaste. ¡Estás en otra, Bárbara! Por eso no te lo dije a tiempo. No hay comunicación entre nosotros, no existe. Te escribo un mail diciéndote que quiero hablar y me respondes incoherencias, me dices que te vas a un matrimonio en Arequipa, que vas a decir que estoy con fiebre, por favor, ¿no te das cuenta que es absurdo?, ¿que el circo no da para más?

Me quedé estupefacta. Sentí que estaban peleando como esposos y que yo era la amante escondida en el closet. No sabía que a Daniel le había dolido tanto no haber tenido hijos con Bárbara. También acababa de enterarme de que Daniel había llamado a Bárbara antes de la entrevista. Me pregunté si sería cierto que ya no sentía nada por ella. No parecía así en la discusión.

–Otra cosa –siguió hablando Daniel– el acuerdo de libertad sexual iba para ambos. Ahora me vengo a enterar que tú no lo respetaste y decidiste tener amantes a escondidas.

—¿A qué te refieres? —preguntó ella, con la voz levemente aflautada.

—A que yo sé que tú también te acuestas con otros hombres, Bárbara, y sabes qué, todo bien, pero no vengas recriminarme cosas y hablarme de injusticias, cuando tú también has incumplido con nuestro trato.

Me sentí muy incómoda. Sentí que ese era un asunto de ellos y que yo no debía estar escuchándolo.

—¡Pero tú lo dijiste en público! ¡Cómo pudiste!

Escuché unos golpes, como si ella le hubiera caído encima a él. Pensé que si salía las cosas solo iban a empeorar.

—¡Basta! ¡Basta de dramas! —ahora Daniel había levantado la voz—. Sí, me acompañaste como esposa bastante tiempo y te lo agradezco, pero yo no te pedí que siguieras conmigo, eras libre de separarte, incluso de divorciarte si así lo querías. Además, todo este tiempo que hemos vivido fingiendo que éramos esposos, has vivido bastante cómoda con la plata que yo te doy, porque en el fondo te convenía quedarte a mi lado y seguir siendo mi esposa.

—¡Y a ti también te convenía que yo no haya aceptado divorciarme!

—Nadie te pidió que te quedaras si eras infeliz conmigo, Bárbara. Si tú me hubieras pedido el divorcio, sabes que te lo hubiera dado, aunque eso implicara darte la mitad de mis bienes. No eres mi esclava ni quiero que lo seas. Pero te recuerdo que tú fuiste la primera en querer jugar a ser la esposa de Daniel Hall y yo acepté porque económicamente me convenía y me sigue conviniendo. Tú decides, Bárbara. Si quieres divorciarte te doy el divorcio ahora mismo. Si no quieres eso, te pido que nos separemos y entiendas mi relación con Micaela. No pienso desampararte económicamente ni humillarte. Simplemente te pido que dejes de decir en público que somos marido y mujer y que des un paso al costado. Yo incumplí el trato al hacerlo público y tú lo incumpliste al acostarte con otros hombres a escondidas. Bien, ambos incumplimos, no pasa nada, ahora por favor cambiemos las reglas del juego. A menos que quieras divorciarte.

Hubo un tono de temor en la última frase de Daniel. Me dolía ver que fuera tan calculador con el dinero. Aunque por otra parte tampoco sabía bien cuánta plata tenía y cuánto le había costado ahorrarla como para dejar ir la mitad así nomás. La cabeza me empezó a dar vueltas y me sentí una tonta por justificarlo demasiado.

Escuché que Bárbara lloraba y luego decía:

—No me quiero divorciar, Daniel.

Su llanto era desgarrador. Ahora daba la impresión de que lo amaba y que le estaba rogando que no la abandonase.

Por un momento todo fue silencio y no supe bien qué estaba ocurriendo. Imaginé que él la abrazaba y la consolaba. Me sentí culpable por ocasionar todo eso. El silencio se prolongó y la angustia me aprisionó el pecho. Me mataba no saber qué estaba pasando ahí afuera.

Entonces volví a escuchar la voz de Daniel.

—Okay, si no quieres no nos divorciamos. Solo te pido que trates de ser mi amiga, como lo has sido cuando estuve con otras chicas. Puedes seguir viviendo en el departamento de arriba y te daré un dinero mensual. Pero por favor entiende que lo nuestro se ha terminado, Bárbara.

En la voz de Daniel había un tono compasivo. No entendí si era porque estaba tratando de negociar para no divorciarse o porque realmente le daba pena ver a su ex mujer así.

—Lo nuestro se terminó hace mucho, ¿recuerdas que hablamos de eso?

–Sí, me acuerdo –respondió Bárbara, llorosa y hablando como si fuera una niñita.

–Me alegro mucho que hayas encontrado a un hombre con el que te diviertas. Asegúrate de que te trate siempre bien. Yo te voy a proteger siempre, ¿okay?

Había una tensión rarísima en toda la casa.

–Pero a mí me gusta decir que soy tu esposa, Daniel.

–Yo sé, pero ahora ya no se va a poder, porque hay otra mujer en mi vida, Bárbara. Antes no era un problema, pero ahora creo que comienza a serlo desde que voy a tener un hijo con esta mujer.

Volvió el silencio. Agachada, con la oreja pegada a la puerta, comencé a comerme las uñas. Esta mujer era muy rara. El tono de su voz era muy infantil y él la trataba con un cuidado que no había visto antes.

De pronto un alarido me hizo retroceder de la puerta. Escuché el sonido de un vidrio rompiéndose. Escuché más cosas romperse y supe que Bárbara estaba fuera de control.

–¿Sabes por qué le dejé esa perra? ¡Porque Micaela es una perra! Ella ha quedado embarazada para quedarse con tu dinero, ¿no te das cuenta? ¡Es como todas las demás! ¡Solo quiere tu dinero! ¿Cómo vas a hacer cuando quieras dejarla? ¿Le vas a decir también que le das dinero y que se vaya? ¿O le vas a hacer otro de tus acuerdos excéntricos? ¿Qué va a pasar cuando te canses de su cuerpo y le hagas sentir que prefieres ir al gimnasio a hacerle el amor? Vas a hacer que se obsesione contigo y luego la vas a dejar como dejaste a todas tus amantes. Entonces te vas a quedar solo y vas a ser un actor divorciado y fracasado.

El miedo se apoderó de mi cuerpo y se me llenaron los ojos de lágrimas. Las palabras de Bárbara podían ser un presagio.

–Bárbara, no digas eso –Daniel se había puesto serio.

Seguí escuchando cosas que se rompían. Escuché a la perra agitarse sobre el piso de la cocina, como si correteara frenética, nerviosa.

–¿Y sabes qué? ¡No acepto! ¡No me da la gana de decir que nos hemos separado! ¡Voy a seguir diciendo que somos esposos y que nos amamos! Tú nunca me avisaste que harías pública tu relación con esa idiota. ¡Ahora te jodes! Intenta desmentirme para que veas como voy a todos los medios a hablar mal de ti. ¡Estás advertido, Daniel!

Oí abrirse la puerta del ascensor. Luego sentí que Daniel venía a buscarme y quité el seguro de la puerta.

veintiseis

Una tarde estábamos en un Starbucks cercano al hotel, cuando me sorprendió con una pregunta:

—¿Te gustaría mudarte sola?

Le di un sorbo a mi Frappuccino y lo miré con una ceja levantada.

—Claro que me gustaría, pero no puedo de momento y sospecho que no podré hasta dentro de unos años, ¿por qué la pregunta?

—Porque quería proponerte esto: te mudas a un departamento que tengo que queda cerca de donde vivo ahora. De esa manera tenemos un lugar donde podemos vernos con más tranquilidad.

Me quedé en silencio. Por alguna razón sentí que no podía aceptar.

—¿Pero y tu esposa?

—Eso no es problema.

—O sea, ¿ya lo has hecho antes?

—Bueno, sí.

—¿Con las dos?

–Sí, con las dos.

–¿Y cuánto duro? ¿Qué pasó cuando se terminó?

–Cuando se terminó ellas regresaron a vivir donde vivían. Duró menos de lo que hubiera querido.

–¿Y tu esposa aceptaba eso?

–Sí, porque supongo que es más discreto que yo vea a mis novias en un departamento que en hoteles. Claro que al final hay un puñado de gente que lo sabe, pero mientras no salga en los periódicos y eso, todo bien.

Sentí que era todo muy raro. En cierta forma, la propuesta me ofendía. No estaba segura de querer tener una relación de ese tipo, en la que la mujer oficial era otra. Pero por otro lado, eran formalidades. Daniel y yo teníamos una química increíble. Yo intuía que a él también lo sorprendía, como si no lo hubiera tenido con esas dos chicas que, ahora venía a enterarme, habían vivido en su departamento.

–Es verdad –dije, tratando de hacerme la relajada–. Si seguimos yendo al hotel y al Starbucks, van a terminar tomándonos fotos o algo parecido.

Él tomó un poco de su Frappuccino.

–Me alegra que lo veas con esa claridad. Micaela, no dudes nunca de lo nuestro, es real. Tan real que por eso te estoy proponiendo esto tan pronto. Me gustas, te quiero, pero tampoco quiero problemas con Bárbara.

–No se puede tener todo, señor Hall. En la vida hay que elegir –dije sin poder disimular mi enojo.

–Ya sé que ahorita estás pensando que no puedes aceptarlo, pero déjame decirte algo: olvida el tema de lo que se ve bien o lo que se ve mal. Ya eres una mujer adulta, si lo que quieres es venir a vivir a un departamento, no necesitas darle mayores explicaciones a nadie.

–¿Y si esto se termina? ¿Vuelvo a casa de mis padres, así sin culpa alguna? ¿Y si ya no me reciben?

Se quedó un momento en silencio, como meditando algo.

–Si quieres, podemos llegar a un acuerdo. Si logramos superar el récord de mis anteriores relaciones, es decir, si te quedas más de seis meses, podemos firmar un acuerdo que diga que después de ese plazo, si terminamos después de los primeros seis meses, tú puedes quedarte con el departamento. Solo quiero estar contigo. Si después de los seis primeros meses te aburres de mí y te quieres alejar habrás hecho un buen negocio.

Fruncí el ceño, herida una vez más. Esta vez no me callé.

–¿Cómo se te ocurre pensar que yo estoy viendo nuestra relación como un negocio? ¿De dónde sacas que yo quiero sacar algún tipo de provecho económico de ti? ¿Por qué no te pones en mi lugar? ¿Qué pasa si eres tú el que se cansa de mí?

–Si yo me canso de ti, que es algo que no creo que ocurra, te quedas con el departamento igual. No estoy pensando que quieres sacar provecho de mí. Soy yo el que quiere sacar provecho de ti, todo el que pueda –dijo, y sonrió, aunque sabía perfectamente que no era el momento–. No te asustes porque esté poniendo todas las cartas sobre la mesa. Simplemente estoy hablando de la posibilidad de que al cabo de seis meses todo se termine, y a juzgar por mis relaciones anteriores tengo razones para creerlo. No quiero que suceda, pero en el amor estas cosas pasan, uno nunca sabe cuánto va a durar, solo sabe lo que siente en el momento. Y mira, si todo se termina el departamento será un premio por haberme dado seis meses de pura felicidad.

–Felicidad sexual –lo corregí.

–Bueno sí, pero felicidad a fin de cuentas.

–Dios, hablas como si fueras muy infeliz y ahora empiezo a sentirme una puta.

Arqueó las cejas, como si lo que acababa de decir le hubiera dolido de veras.

–Por favor no sientas eso –me puso una mano en la pierna.

Cuando la retiró sentí que lo hacía por miedo a que alguien lo reconociera.

–Creo que ya viene siendo momento de contárselo a Bárbara –murmuró, mirando de reojo a su alrededor.

Me quedé en silencio, con la mirada en el café.

veintisiete

Daniel abrió la puerta y me miró a los ojos. Tenía la respiración acelerada. No podía mirarlo a los ojos. Por alguna razón volvía a sentir que estaba rompiendo un matrimonio y eso me hacía sentir fatal.

–Micaela –me dijo con voz cariñosa–. Mírame.

Levanté la mirada. Me encontré con esos ojos que ahora parecían menos azules. Como si la tristeza se hubiera llevado un poco del color.

–Ella va a tener que entender.

Moví la cabeza de arriba abajo. La perrita entró olfateando las huellas de Daniel. Él la miró con desprecio.

–¿Estás seguro que no estamos yendo demasiado rápido? ¿No estaremos haciendo algo mal?

Frunció el ceño. Como si entendiera lo que estaba diciéndole entre líneas.

–Yo siempre le dejé claro cómo eran las cosas entre nosotros. Y sí, quizá fue un error no haberme divorciado antes. Pero cómo iba a saber que iba a encontrarte. A ratos siento que le afecta más que haya hecho esto público a que te haya dejado embarazada.

Hice un gesto de disgusto con los labios.

–¿Tú crees que te quiere?

–Por supuesto que no –respondió enseguida, como si eso fuera algo que tenía claro hace años–. Ella solo quiere su comodidad, quiere que la mantenga, quiere el prestigio social que le da ser mi esposa, claro que no me ama.

Puse una mano en mi barriga y bajé la cabeza. Dejé caer una lágrima. Él avanzó dos pasos y me abrazó con fuerza. Me sostuvo la cara entre las manos. Sentí que tenía que parar un rato y pensar en lo que había pasado hasta ahora. ¿Cómo había terminado metida en este lío? ¿Quién era este hombre famoso y poderoso por el que había perdido la cabeza? ¿Por qué se había fijado en mí? ¿Cómo había pasado de la mirada matadora a quedar embarazada?

Daniel permaneció en silencio, mirándome a los ojos, sabiendo que mi cabeza daba vueltas. Tal vez la suya también daba vueltas. Luego giró la mano hacia él, como mirando disimuladamente el reloj.

–¿Me acompañas al teatro?

Me brillaron los ojos. Sabía que no era el momento para que brillaran, pero a pesar de lo que acababa de ocurrir me daba ilusión acompañarlo. Caminar a su lado, dejar que me presente a sus amigos, sentarme a mirar la obra como parte del público, recordando la primera vez que nos vimos.

La perra ladró desde su sitio y Daniel volteó bruscamente hacia ella.

–Primero tenemos que deshacernos de este animal.

Dejamos a la perra regalada en un veterinario de un conocido de Daniel. A pesar de haber estado tan pocas horas con la cachorrita, el trámite me resultó algo penoso, y Daniel me pidió que me quedara en la camioneta mientras bajaba a entregarla. Diez minutos después salió con un señor mayor en una bata blanca, se acercó con Daniel a mi ventana y me dijo que no me preocupara, que él se encargaría de darle al animal una casa feliz. Me quedé más tranquila, Daniel me miró juguetón, como si mi sensibilidad con el animal le resultara un síntoma del embarazo y luego subió a la camioneta y emprendimos la marcha.

Dos horas después estábamos en el estacionamiento del teatro. Mi corazón empezó a latir más rápido por la emoción. Daniel parecía divertido. Casi tanto como la vez que fuimos a la entrevista con La Duquesa, solo que esta vez sabíamos que no había peligro, porque Bárbara no iba a saber de esto. Desde que llegamos, las miradas se posaron en nosotros. Desde el vigilante de autos hasta los extras que estaban en la puerta. Daniel me dio la mano y esta vez el corazón comenzó a latirme más fuerte. Conforme íbamos pasando las miradas incrédulas de la gente, sentía más confianza en mí misma.

En el camino apareció la señora robusta que yo sabía que era la representante de Daniel. Por alguna razón aún no sabía su nombre.

–Daniel, Micaela, qué gusto verlos –parecía agitada, hablaba como si hubiera corrido varias cuadras o como si estuviera emocionada por algo–. Vamos a maquillaje. No sabes lo que ha pasado, no te lo vas a creer. ¡Has sido nominado al Actor de Oro Internacional por tu última película! ¡Estás nominado! Y eres el favorito. Si les gusta lo que ven puede que ganes y si eso ocurre, ay Dios mío, ¿te imaginas?

"¡*Wow!*, ¡Actor de Oro Internacional!", grité para mis adentros. Había leído sobre él unos días antes en el periódico. La fundación Amigos del Arte, dirigida por un magnate chileno que vivía en Nueva York, había creado ese premio para reconocer a los actores latinos. Si bien no era un Oscar, era un premio importante pues el ganador recibía una suma de quinientos mil dólares, nada mal para la época y para ser un premio nuevo. La última película de Daniel, *Sunrise*, se había visto en muchos países de Latinoamérica y el papel de Daniel, un latino que se hace millonario haciendo *stand up comedy* en Nueva York, había llamado mucho la atención. Yo la había visto tres veces y las tres veces me emocioné tanto que lloré. Ahora que conocía a Daniel y me había enamorado de él no me atrevía a verla por miedo a que ya no me gustase o a que me gustase demasiado.

Daniel la miró con una media sonrisa y ella lo miró sorprendida, como si hubiera interpretado un gesto de indiferencia. Yo, sostenida de la mano de Daniel y conociéndolo como lo conocía, interpretaba otra cosa, yo sentía que sí le importaba, y mucho.

Ni bien entramos al camerino, todos voltearon hacia nosotros y nos hicieron una venia. Daniel dijo un hola general y yo abrí mucho los ojos en respuesta, muy poco acostumbrada a la situación. Entramos a un camerino privado en el que había una maquilladora poco atractiva que nos esperaba sentada y que se paró de un salto cuando nos vio entrar.

–Susi, ella es Micaela, mi novia.

"*Wow*, su novia, me encanta como suena", pensé.

–Hola Micaela –saludó ella con educación.

Daniel se sentó en una silla que estaba frente a un espejo lleno de bombillos. Me paré detrás de Daniel y me miré en el espejo y me sentí una estrella de cine. Bueno, eso es lo que Daniel era, una estrella de cine y de teatro. Y yo todavía no podía creer que estaba con él.

–Felicitaciones por la nominación, señor –dijo la maquilladora con timidez.

–Gracias, Susi –respondió Daniel, educado pero sin ganas de conversar.

Alguien tocó la puerta, Daniel dio la orden de que pasaran. Era un joven con un perchero con ruedas. Dentro había cuatro trajes y dos vestuarios que imaginé que eran para la obra. Los dejó en el cuarto y enseguida nos invadió un olor a limpio. Miré los estantes que estaban al lado del espejo. Cuatro tipos de colonias de marca, espuma de afeitar, gel para pelo, tres tipos de peine, maquillaje Mac, jabones de mano, toallas blancas de mano, limas de uñas, pañitos húmedos... Era casi tan completo y refinado como el baño de Daniel.

Volvieron a tocar la puerta. Daniel dio la orden de que pasaran. La puerta se abrió y apareció una mujer muy joven, muy linda, con poca ropa.

–¿Interrumpo? –preguntó y puso cara rara cuando me vio.

Sentí que algo no estaba bien.

veintiocho

Estábamos en el cuarto de hotel. Él se lavaba las manos y yo miraba la ciudad a través de la puerta de cristal. Pensé en cómo había cambiado mi vida en pocas semanas. Cómo pasé de temblar a desear y a caer en un abismo en el que solo era predecible que cayera. Estaba enamorándome. No me importaba que fuera casado. De pronto, desobedecía todo lo que mis padres me habían enseñado con tanto esmero: "no vayas tan rápido", "nunca con un hombre casado", "hazte respetar". Todas esas frases se derrumbaban frente a las leyes del deseo.

Sentí que él estaba detrás de mí y me besaba el cuello.

—Me encantaría que aceptes, no quiero perderte.

—Yo tampoco quiero perderte.

—Entonces dime que sí. Acepta el departamento.

Me quedé en silencio. Cerré los ojos. Me concentré en sus besos, en su lengua rozando mi piel, en sus manos en mis caderas, apretándome contra su cuerpo.

Nos metimos a la ducha. Estuvimos largo rato desnudos bajo el agua, bajo una excitación tranquila que tal vez fuera el amor. Él me enjabonó primero la espalda y el trasero, sobre todo el trasero, y luego yo le enjaboné el pecho y el sexo. Me excitaba mucho sentirlo entre mis manos jabonosas. Su cuerpo me gustaba cada vez más y esta era la primera vez que me dejaba tocarlo tanto rato. Luego él deslizó dos dedos en mi entrepierna y me sobresalté. Sus dedos me hacían delirar. Sabía exactamente cómo tocarme. Me derrumbé de placer en sus brazos y una vez más quedó claro quién estaba al mando. Cerró la ducha y fuimos a la cama.

Me tumbó boca abajo. Puso una almohada bajo mis caderas, de manera que mi trasero quedara levantado. Me pidió que colocara las manos encima de mi cabeza. Seguí sus instrucciones en silencio. Empezó a frotar su sexo entre mis piernas, entrando un poco, como la primera vez que lo hicimos. Apreté los dientes. Deseé que me penetrara. Se quedó un momento así, torturándome, quizá esperando a que venciera mi pudor y se lo pidiera.

–¿Alguna vez te la han metido por el poto?

–No –respondí, conteniendo el gemido.

Lo escuché hacer un sonido parecido a un gruñido.

Entonces sentí que me separaba un poco las piernas y las nalgas y hundía su lengua en mi sexo. Apreté los dedos, agarrándome a las sábanas. Sentí su lengua moverse en círculos y luego subir hasta mi trasero y bajar de nuevo. La tortura se hacía más intensa y estaba a punto de venirme.

–Daniel, la quiero adentro. Métemela, por favor

–Ruégame –me metió un dedo.

–Te lo ruego –susurré–. Te ruego que me la metas.

Lo escuché gruñir una vez más y sentí su sexo entrando de golpe en mí. Sentí dolor y placer al mismo tiempo. Lo hacía tan rápido que me dolía un poco. Se empezó a mover dentro de mí con violencia, dándome todo el placer posible. Empecé a temblar y sentí la cabeza retumbando. Luego el placer se extendió a todo mi cuerpo y me vine gimiendo, sin poder controlarme, escuchando su respiración cerca de mi oreja.

Salió de mí de golpe y por un instante me quedé en la cama, recuperando el aliento y volviendo a la realidad. Estaba a punto de pararme, cuando sentí su mano en mi espalda.

–No te muevas, mi amor, aún no he terminado contigo.

Volví a temblar por lo que vendría y porque acababa de decirme "mi amor".

Sentí que me pasaba el dedo por el culo.

–Quiero ser el primero. Te quiero toda para mí.

Me puse alerta. Sentí que una vez más estábamos yendo demasiado rápido. Pero luego volví a perderme en el placer de experimentar otra sensación nueva.

–Tócate –me ordenó.

Obedecí. El placer se hizo más intenso. Me volví a sentir en camino al segundo orgasmo.

Sentí su sexo frotándose en mi culo y presionando para entrar. Seguí tocándome. Sentí más presión, luego algo de dolor.

–Relájalo, relájate –susurró con esa voz ronca que ya conocía.

Traté de hacer lo que me pedía y cuando lo hice, lo sentí entrar un poco y me dolió, pero a la vez estaba muy excitada como para querer que parara.

–Sé valiente, mi amor, te va a gustar.

Sentí que entraba hasta el fondo y grité de dolor y placer y me toqué con más fuerza. Me gustaba.

Me sujetó por la cintura y arremetió un par de veces más y cuando sentí que estaba por venirse me excité tanto que me vine también y pudimos terminar al mismo tiempo.

—Estuvo increíble —murmuró en mi oído—. Te amo.

—Yo también te amo —susurré, sintiendo que estaba a punto de quedarme dormida.

Cuando desperté, él estaba todavía dormido a mi lado. Solo habían pasado unas horas. Recordé la madrugada en que me dijo que no dormía nunca con nadie y esperé que no lo lamentara al despertar.

Me paré de la cama y caminé al baño en puntas de pie. Me senté un momento en el inodoro. Sentí una incomodidad en el trasero. Me miré al espejo y miré mi reflejo despeinado, con cara de culpa y las mejillas todavía enrojecidas. Tomé aire y lo boté por la boca. Desde que había empezado todo, no me había dado un tiempo para mí, para pensar en todo lo que me estaba pasando. Aunque por otro lado no había mucho que pensar. Este hombre me gustaba. Y mucho.

Salí del baño y lo vi sentado en la cama. Estaba despeinado. Vi sus abdominales marcados en la penumbra. Cuando él me vio hizo una mueca parecida a una sonrisa. No supe leer si de veras estaba contento. Entró un momento al baño y cuando salió me preguntó la hora.

—Son las cuatro de la mañana —respondí, mirando el reloj del hotel.

Empezó a vestirse, recogiendo su ropa del suelo. Yo hice lo mismo.

Parecía arrepentido de haber dormido unas horas conmigo. Me pregunté adónde le habría dicho a su esposa que iría. También me pregunté cuándo le contaría de lo nuestro. La felicidad parecía haber menguado. Ahora reinaba la preocupación. Supe que estaba preocupado por ella y debíamos irnos.

veintinueve

Daniel respondió enseguida:

–No, para nada, adelante.

La mujer cambió de actitud, como si mi presencia le incomodara. Se tornó más sumisa.

–Perdona, Daniel, yo soy Fabiana Linares. Soy admiradora tuya, vine a reemplazar a Mónica Miranda.

Entre cerré los ojos. La mujer estaba prácticamente desnuda. Traía unos pantalones a la cadera muy ajustados. Llevaba una especie de bikini con lentejuelas. Sus pechos eran muy pronunciados. Brillaban por el maquillaje. Tenía ojos verdes, pestañas postizas, pelo rubio. Era guapa. Muy producida para mi gusto, pero guapa. Eso me puso furiosa.

"¿Quién coño era Mónica Miranda?", pensé. "Seguro que otra actriz que quiere acostarse con él".

Daniel le hizo un gesto a la maquilladora para que parase y se puso de pie. Se acercó y le dio un beso en la mejilla.

–Ella es Micaela –me puso una mano en el hombro.

–Hola –respondí, extendiendo la mano.

Daniel me miró como si estuviera sorprendido por mi tono cortante.

"¿Ahora sí no soy tu novia, no, tonto?", dije para mí misma.

–Hola Micaela –respondió ella, dándome la mano, nerviosa. Luego volvió a mirar a Daniel–. Bueno, solo quería decirte que soy tu fan número uno, que eres mi inspiración, de veras.

–Muchas gracias, Fabiana. Tengo que continuar maquillándome.

Cuando se fue Daniel volvió a sentarse y yo me quedé parada detrás de él. La maquilladora volvió a lo suyo. Miré a Daniel a través del espejo y dije en mi mente: "¿Es broma?", con la esperanza de que pudiera leer mis pensamientos. Él frunció el ceño y se encogió de hombros, como diciendo: "¿Qué pasa?"

Me di vuelta y me senté en uno de los sofás del camerino. La representante entró al cuarto sin tocar la puerta. Parecía aún más agitada.

–¡Nominado! ¡Ay qué emoción!

Tomó un celular que había sobre la repisa frente a los focos amarillos y volvió a salir.

–Gracias, Laura –respondió Daniel, como si estuviera acostumbrado a la histeria de esta mujer.

"Laura, tengo que recordar ese nombre", pensé. La mujer desapareció y se me ocurrió que Daniel era demasiado bueno controlando sus emociones. Me pregunté a qué se debía. Qué había ocurrido en su vida, para que fuera capaz de ir por ahí sin perder nunca la compostura. Recordé la escena de Bárbara, luego a la mujer que acababa de entrar. ¿Sería que Daniel era un mujeriego a escondidas?

Hice un sonido involuntario con la boca que me trajo de

vuelta la realidad. La maquilladora terminó, se despidió con una venia, diciendo: "Permiso" y salió del cuarto.

Daniel se paró de la silla y me miró molesto.

–¿Se puede saber cuál es el problema?

–¿En serio me lo preguntas? –le dije enseguida, sin miedo a que termináramos peleando, a pesar del Actor de Oro Internacional o de los cojones–. ¿O sea que cualquier desubicada puede tocar a la puerta de tu camerino y tú la atiendes así nomás?

Daniel se quedó un momento en silencio, como si en su cabeza dieran vueltas muchas cosas.

–Deja de mirarme como si fuera un hombre promiscuo, porque no lo soy. Solamente he sido amable con ella.

–No sabía que la amabilidad era una de tus virtudes –crucé los brazos sobre el pecho.

Me miró como si acabara de decir un disparate. Luego se dio media vuelta hacia su perchero de ropa limpia.

–¿Aló? ¿No me vas a responder? ¿No vas a...?

Me quedé en silencio, mirando cómo se cambiaba de ropa. Miré sus boxers grises, los músculos marcados de su abdomen, su pelo revuelto, el cuidado que le ponía a la camisa para que no tocara el maquillaje de su cara. Se puso un pantalón de vestir oscuro y una camisa blanca. Volvió a ponerse los zapatos que tenía puestos y se miró al espejo. Tomó uno de los perfumes que había en el estante, no logré mirar cuál y se lo roció encima. Luego se peinó, o más bien se despeinó con las manos, y se dio vuelta hacia mí.

–¿Qué tal?

–Para comerte. A pesar de que soy una mujer embarazada.

Lo dije sin pensar. Ya había olvidado la escena de celos con la mujer de las lentejuelas.

Me gustó que no usara el gel para pelo ni la lima de uñas. Eso me hacía sentir que era un macho a la antigua. Me gustaba.

Daniel miró su reloj.

–Si no tuviera que salir en escena en tres minutos te cogería aquí mismo –me miró a los ojos, dejándome ver su lengua deseosa.

–¿Tres minutos? –grité y me puse nerviosa por él–. ¡El jurado del Actor de Oro Internacional, amor, mucha suerte!

Entonces me sentí Laura, la representante. Lo besé en los labios y salimos del camerino.

La representante me ubicó en primera fila. Cuando la obra empezó vi el telón levantarse y a mi amor salir en escena. Lo escuché hablar pero no supe entender lo que decía. Estaba demasiado enfocada en los gestos de la cara y sus manos, en lo bien que lo hacía. Sabía que la obra era sobre una novela de Manuel Puig. Daniel era por supuesto el personaje principal. Apenas salió la gente lo aplaudió, a pesar de que sabíamos que no era momento de aplaudir. Era tan bueno y reconocido que su sola presencia despertaba aplausos a donde quiera que fuera.

No pude contener las lágrimas. Ver a Daniel en escena me trajo a la mente recuerdos de la primera vez que nos conocimos. De aquella noche en que fui al teatro pensando que sería una noche más, que le haría fotos a un actor famoso que me parecía muy atractivo, pero que estaba segura que no me miraría. Puse una mano en mi barriga y por primera vez sentí que había vida ahí dentro. Las lágrimas siguieron cayendo. Tuve curiosidad sobre el pasado de Daniel. Me intrigaba que nunca quisiera hablar de él. Los gestos de dolor de su cara me hacían pensar que él conocía esas emociones muy de cerca. Que la única pista de su pasado no era Bárbara. Yo estaba segura que había más. Daniel era un hombre especial y no en vano había llegado tan lejos. Estaba orgullosa de él.

Cinco minutos antes de que terminara la obra Laura me llevó de vuelta al camerino. Ahí esperé a Daniel, a quien recibí con un fuerte abrazo. Le dije lo orgullosa que estaba de él. Al margen de lo del Actor de Oro, yo ya estaba orgullosa de que él me llamase su novia. Estuvimos casi dos horas recibiendo gente en el camerino. Gente que entraba a saludarlo. Chicas preciosas, que entraban con la intención de coquetearle, pero que se desinflaban al verme a su lado. Hombres mayores, respetuosos ante Daniel. Hombres amanerados a los que Daniel espantaba con una media sonrisa educada. Mucha gente con ganas de conocerlo y tomarse una foto con él. Nunca antes me sentí tan pequeña, pero tampoco tan orgullosa. Supongo que eso era amor. Nadie se sorprendía al verme. Las personas que seguían a Daniel por su carrera sabían que era un hombre excéntrico, que su vida amorosa era un asunto en el que no debían interferir.

Salíamos de la mano, con un hombre de seguridad del teatro detrás de nosotros, apartando a una que otra fan con ganas de otra foto, cuando una mujer muy distinguida se cruzó en nuestro camino. Miró a la seguridad como si fuese un bicho invertebrado y se interpuso en nuestro camino.

–Daniel –murmuró la mujer.

Entonces vi la cara de Daniel transformarse. Vi en su rostro una emoción que no había visto antes en escena.

treinta

Estábamos caminado por el malecón tomados de la mano. Casi no había gente y las pocas personas que pasaban a nuestro lado no parecían alarmadas. Tal vez ya lo habían visto paseando de la mano con sus otras novias.

Corría un viento frío que iba y venía con las olas del mar y nos despeinaba. Él estaba realmente guapo.

—Se lo conté a Bárbara.

Me sorprendió con la confesión. Sabía que el momento estaba cerca pero aún así me tomó por sorpresa. Era esa manera suya de decir las cosas lo que siempre me remecía por dentro. Sin rodeos, sin anestesia.

—¿Cómo lo tomó? —le pregunté, soltando su mano por si venía algo malo, como preparándome para que ella no lo aceptara y tuviéramos que alejarnos.

—Tranquila —escondió las manos en los bolsillos—. Igual que cuando le conté sobre todas mis relaciones anteriores. Me hizo las preguntas de rigor, por supuesto. Me preguntó dónde te había conocido, cómo te llamabas, si tenía planes de llevarte al departamento dónde nos hemos visto hasta ahora. Me dijo lo de siempre: prefiere que nos encontremos en el departamento a que me vean en hoteles y restaurantes. Me dijo que tuviera cuidado a donde te llevo, que no me exhibiera demasiado.

Escuchaba todo esto un poco afectada. Todavía no me acostumbraba a ser la amante.

–Solo en una cosa no estuvo de acuerdo –me dijo, volviendo a tomarme de la mano–. En que te regale el depa después de los seis primeros meses. Me dijo que eso no lo había hecho antes y no veía por qué tendría que hacerlo ahora. Todavía no quise decirle que siento algo distinto por ti, porque no quiero alarmarla. Quiero seguir viviendo la fiesta en paz, al menos por un tiempo más. Así que acepté. Le dije que no te dejaría el departamento al cabo de los seis primeros meses, pero que te vería ahí y quizá, si nos provocaba, en algún otro lugar, como algún café tranquilo.

Respiré hondo. Sentí mi mano entre la suya. Seguimos caminando. Me quedé en silencio.

–No tienes que responderme ahora –su tono de voz era ahora más cariñoso–. Sé que esto no debe ser nada fácil para ti. Piénsalo.

Me quedé callada. No quería hablar del tema. Llegamos al auto y me abrió la puerta. Me senté adelante. Lo vi dar la vuelta hasta llegar a su lado. Se acercó y me dio un beso en los labios, luego encendió el motor. Entonces me entraron ganas de hacerlo. Me le acerqué y comencé a pasarle la lengua por el cuello. Sentí su respiración acelerarse, lo miré disimuladamente y vi que se le había puesto dura. Sentí que era mío, que ahora yo estaba al mando y podía hacer lo que quisiera.

–Quiero ir al hotel –le susurré al oído.

–Lo que tú digas, mi amor –me dijo poniendo una mano en la parte interior de mi muslo.

Entramos a la habitación de siempre. La luz se prendió y volví a ver la ciudad desde las mamparas de vidrio. Tuve de nuevo esa sensación rara en el estómago.

Él iba a entrar al baño, seguramente a lavarse las manos, pero yo lo tomé del brazo y lo senté en uno de los sofás de la habitación. Me senté sobre él y comencé a besarlo en los labios. Sentí su lengua explorando mi boca, sus manos sobre mis caderas. Le agarré las manos y las sujeté ambas contra el espaldar del sofá, de manera que no pudiera seguir tocándome. Sabía que si dejaba que me tocara perdería el poco control que acababa de conquistar.

Le apreté las muñecas para que supiera que no debía moverse. Luego lo solté y sus brazos cayeron al lado de sus muslos. Me encontré con su mirada turbia, sus labios húmedos, ligeramente separados. Le quité el saco y le desabotoné despacio la camisa. Me detuve a besarle el pecho. Luego bajé y le abrí la bragueta y liberé su erección y comencé a chupársela con suavidad. Él se dejó. Para mi sorpresa, no se había abalanzado sobre mí. Me metía su sexo hasta el fondo de mi garganta y luego lo lamía por fuera. Él me agarraba por el pelo y gruñía de placer. Repetí la operación hasta que sentí que estaba por venirse, entonces hundí mi boca en su sexo y sentí que se venía y mi primer instinto fue quedarme ahí. No me dio asco. Me gustó. De hecho me dejó con ganas de más.

Lo miré a los ojos.

–Es mi turno –murmuró.

La sensación rara subió hasta mi garganta. De nuevo la incertidumbre.

Me llevó a la mesa que estaba frente a la cama y me sentó en ella. Me separó las piernas y empezó a lamerme los pechos. Con un dedo hacía círculos en mi sexo y con la lengua hacía el mismo movimiento en uno de mis pezones. Mi cuerpo se movía sin que yo lo quisiera. Paró un momento y fue en busca de su saco. Traía un paquetito plateado y una prominente erección. Se paró a orillas de la mesa y se puso el condón. Puso mis talones sobre sus hombros y sin decir una palabra, me penetró.

Volvió el placer, esta vez con más intensidad. Lo hacía con fuerza, agarrándome los muslos. Cuando estaba por terminar sentí que debía dejarme de moralismos. Este hombre sabía cogerme y eso no era fácil de encontrar. Él me deseaba. Tenía que vivir el momento. Tenía que aceptar el departamento y dejarme follar hasta que pudiera por este hombre misteriosamente sexy que era Daniel Hall.

treinta y uno

—**M**icaela, ella es mi tía María Emilia –dijo Daniel, con un gesto de contrariedad.

La señora me miró como si yo fuera un arácnido.

–Daniel –dijo la mujer como si yo no estuviera ahí–, ¿qué ha pasado con Bárbara? Me ha llamado desesperada, dice que quieres separarte de ella, que has dejado a otra mujer embarazada. Yo no sabía nada de esto, sabes que no veo televisión ni me interesa. Solo vengo a decirte que es mi deber como tu ex tutora y tía decirte que estás cambiando gato por liebre, Daniel, no te conviene dejar a una mujer tan bella y refinada como Bárbara. Si has cometido un error y has dejado embarazada a otra mujer, eso no te obliga a ir detrás de ella. Ten tu hijo, entiendo lo importante que puede ser para ti, pero tener un hijo con una persona no significa que estás amarrado a ella, eso deberías saberlo por experiencia.

La mujer hablaba y no le importaba que yo estuviera ahí. Me ninguneaba en mi propia cara. ¿De dónde había salido esta mujer con su elegante conjunto de rombos azules y enormes lentes de sol? Volteé a mirar a Daniel. Sus ojos estaban destellantes, la ira se veía en sus labios y su mano presionaba la mía con firmeza.

–María Emilia –dijo, entrecerrando los ojos, como si de pronto controlarse le costara mucho más–. Quiero recordarte que yo no vivo contigo desde los dieciocho años y que desde entonces he tomado mis propias decisiones. Casarse es una decisión y separarse también lo es. Te pido que no interfieras en mi vida personal, en mi vida en general, y respetes a Micaela, que es mi novia. Si Bárbara te llama, es mejor que la ignores, deberías saber que no ha estado muy equilibrada mentalmente en los últimos días. Ahora si me permites, tengo otras cosas que hacer.

La señora abrió la boca como indignada por el tono de desprecio que había en la voz de Daniel. Luego le dirigió una mirada desafiante.

–Daniel, vamos a ir a tomar un café y me vas a escuchar. Esta muchacha se queda acá o el chofer la lleva a su casa. Pero me vas a oír.

–Lo siento, María Emilia.

Daniel me jaló de la mano y yo le seguí el paso hacia la puerta. Cuando estábamos a punto de salir volteé para ver a la señora con los brazos cruzados sobre el pecho y la boca abierta, como si no estuviera acostumbrada a que la dejaran a mitad de una frase.

Recién cuando subimos a la camioneta pude volver a hablar.

–¿Quién era esa?

Daniel se ofuscó con mi pregunta.

–Mi tía María Emilia, hermana de mi mamá, la mujer que me cuidó en mi adolescencia cuando mi madre se fue a vivir con su novio millonario a Saint Tropez.

Encendió el motor y me miró de reojo, como midiendo si se me ocurría una pregunta nueva.

–Debe haber sido muy complicado vivir con una mujer así –dije mirando la calle a través de la ventana.

–Más de lo que imaginas.

Volteé a mirarlo. Nunca lo había visto así. Los ojos le brillaban como si fueran a escurrírsele las lágrimas. Volvió a hablar en un murmullo al cabo de unas cuadras.

–Mi madre simplemente me dejó con ella. Y yo siempre sentí que ella me odiaba. Por tener que vivir conmigo. Tenía mucha plata pero me hacía dormir en uno de los cuartos de servicio. Había muchos cuartos libres y no tenía hijos.

Le puse una mano en el hombro.

–En los días de mucho odio me castigaba a pan y agua. Me daba un pan entero y me hacía partirlo en cuatro pedazos. Me llevaba dos pedazos al colegio y los otros dos los comía al volver.

La voz se le cortó y dejó de hablar. ¿Cómo se le había ocurrido a Bárbara llamar a esta mujer? ¿Se había vuelto loca del todo?

– Todos hemos tenido traumas en la infancia. Ese es el mío. No creo que sea el único niño al que su madre deja por un hombre rico, así que asunto cerrado, ¿entendido?

Moví la cabeza de arriba abajo. Sentí las náuseas subiéndome desde el estómago.

treinta y dos

En el edificio me esperaba un señor con canas que parecía ser el portero. Me dio unas llaves y me sonrió sin ganas.

Caminé por el lobby mirándome en el espejo. Llamé al ascensor. Subí al segundo piso. La puerta del ascensor se abrió y me topé con lo que vendría a ser la puerta de mi nuevo departamento. Metí la llave y abrí. Me invadió un olor a limpio, como si hubieran limpiado recién. Dejé mi mochila en el piso y me preparé para recorrer el lugar.

Había unos muebles de cuero y una mesa baja de vidrio en la sala. El comedor era pequeño y redondo, con cinco o seis sillas alrededor. Caminé por el pasillo hacia los cuartos. Había una habitación grande que supuse que era la mía. El cubrecamas era blanco y tenía una tarjeta en el medio que decía: *¡Bienvenida!* Tomé la tarjeta entre mis manos. Miré el enorme televisor de pantalla plana que había al frente. La mesa de noche con una MacBook Pro que parecía nueva. Los closets eran amplios y blancos y los abrí y me invadió otra vez el olor a productos de limpieza. Estaban vacíos.

Vi una puerta y supuse que era la del baño. La abrí y me

encontré con el inodoro más blanco que había visto en mi vida. Un espejo enorme frente al lavamanos, también blanco, elegantísimo. Las puertas de la ducha eran de vidrio. Había una gran tina, blanca también. Había un jabón blanco sobre la jabonera. Las toallas blancas estaban enrolladas en un estante de metal entre la ducha y la tina. Pasé una mano por las otras toallas al lado del lavamanos. Recorrí los demás cuartos. Eran dos cuartos y otro baño. Olían a limpio y estaban vacíos.

Fui a la cocina y abrí la puerta de la nevera. Había jugos de frutas y agua en botella, una botella de vino blanco que se veía delicioso. Había manzanas, había tomates, dos o tres tipos de queso. También yogurt, leche y uvas. Abrí la congeladora y vi helados de chocolate, vainilla y pistacho. Más al fondo encontré un helado de limón. Cerré la nevera y fui al repostero. Abrí los cajones uno a uno y fui encontrando cubiertos y todo tipo de utensilios de cocina. Me detuve un momento, apoyada de espaldas contra el borde del repostero. Me entró miedo. Miedo a acostumbrarme y que luego las cosas terminaran mal y lo perdiera todo. Recordé el momento en que les había dicho a mis padres que me iba de la casa. Sus caras de estupor. El dolor en la mirada de mi madre, que lloraba rogándome que no me fuera. Con determinación, les dije que estaba saliendo con Daniel Hall y que me iba a vivir con él. No esperaba que entendieran nada. Yo a duras penas podía entenderlo.

Estaba en un departamento de ensueño, pero me sentía rara. Feliz y triste al mismo tiempo. No podía quitarme de la cabeza la mirada de mis padres. Abrí la nevera y saqué la botella de vino. Busqué una copa, y no tardé demasiado en encontrarla. Descorché la botella. Caminé hasta mi mochila. Me senté en el piso, junto a la puerta, con la espalda apoyada en la pared.

Serví vino en la copa y di un sorbo largo. Saqué mi laptop de la mochila y la puse en mis muslos. Di otro sorbo y miré la laptop. Era viejísima en comparación con la que había en mi nueva mesa de noche. La prendí y abrí mi correo.

Para: Daniel
De: Micaela
Asunto: Estoy aquí
Gracias por esto, está muy lindo.
No tardaré mucho en acostumbrarme.
Gracias por el vino.
Solo faltas tú.

Puse la laptop en el suelo. A los dos minutos tuve una respuesta.

Para: Micaela
De: Daniel
Asunto: Estoy allá
¿Puedo subir?
Enviado desde mi Blackberry.

treinta y tres

Fui con Daniel a hacerme una segunda ecografía. El doctor me puso un gel en la barriga y luego comenzó a frotar sobre mi vientre un aparato que nos permitía ver en varias pantallas el cuerpo de nuestro bebé. Era aún muy pequeño y tenía forma de renacuajo. Oí su corazón latiendo muy rápido y vi sus manitas moviéndose como si boxeara con alguien imaginario. Le pregunté al doctor si era normal que su corazón latiera tan rápido y me dijo que sí, que el ritmo cardiaco iría bajando mes a mes.

Salimos de la clínica y caminamos de regreso al departamento. Sentí que conocía mejor a Daniel. Me sentía tranquila después de haber visto al doctor. Una mujer histérica corriendo hacia nosotros interrumpió a Daniel. Se arrojó en sus brazos y comenzó a llorar.

–¡Qué orgullo! –gritó–. ¡Qué orgullo!

Daniel me miró con un gesto de contrariedad. La gente se le acercaba por la calle pero nunca de esta manera. Luego la sorprendida fui yo: miré al costado y vi el lente de una cámara de fotos que disparaba hacia nosotros. Cogí a Daniel de la mano, mientras él se deshacía educadamente de la señora enamorada.

–Paparazzi –murmuró sobre mi hombro–. Sé lo más natural que puedas.

Caminamos un par de pasos más y más hombres con cámaras aparecieron en nuestro camino. Iban tomando fotos, llamándonos por nuestros nombres. ¿A qué venía todo esto?

Entonces apareció una mujer con una cámara de video y un micrófono.

–Daniel Hall, dinos qué sientes por haber ganado el premio al Actor de Oro Internacional, cuéntanos, por favor, dinos cómo lo has tomado.

Daniel y yo tratamos de abrirnos paso entre el grupo que nos acorralaba. La cara me ardía y los flashes me hacían cerrar los ojos. Daniel actuaba con más naturalidad, tomando mi mano con firmeza.

Llegamos al departamento sabiendo que acabábamos de perder lo último que nos quedaba de privacidad. Ahora los paparazzis sabrían dónde yo vivía, donde podían encontrar a Daniel cuando quisieran. Entramos tomados de la mano, dejando atrás los flashes y los gritos.

Ni bien entramos al departamento, Daniel cerró todas las cortinas que daban a la calle. Luego prendió la televisión. Puso los canales nacionales. En el segundo canal al que saltó apareció él mismo actuando en la obra. La voz de una locutora que decía:

"… el famoso actor Daniel Hall, ganador del premio El Actor de Oro Internacional. El premio consiste en una suma de quinientos mil dólares y una estatuilla dorada que seguramente guardará junto a sus demás logros. Felicitaciones a Daniel Hall, un orgullo nacional."

Él se quedó mirando la pantalla con los ojos bien abiertos. Corrí a abrazarlo.

–¡Felicitaciones, lo lograste, amor! –lo besé en los labios.

–No es tan importante. Es solo un premio menor, Micaela, no es un Oscar –respondió con esa voz ronca sexy que tenía.

–¡Claro que lo es! ¡Es un reconocimiento internacional! Daniel rió y me abrazó con ternura. Yo sabía que en el fondo sí le importaba.

–Es probable que tenga que viajar a Nueva York a recoger el premio.

–¿Sin mí? –pregunté, mirándolo a los ojos y haciendo un puchero.

–Sería solo por un día. Voy y vengo. No quiero someterte al fastidio de un viaje de solo unas horas y menos embarazada.

–Bueno… –murmuré, pensando que tenía razón. Si solo iba a ir unas horas, no valía la pena que lo acompañase, a menos que él me lo pidiera.

Dejó de abrazarme y metió una mano en su bolsillo y sacó su celular. Lo había tenido apagado durante la consulta con el doctor y había olvidado prenderlo. A penas lo encendió, sonó a los cinco segundos. Era la representante. Daniel puso altavoz.

–¡Ganaste, Daniel, felicitaciones! ¡Está en las noticias! ¡Estaba tratando de localizarte! ¡Me llamaron hace unas horas los del jurado diciéndome que ganaste! ¡Ganaste!

Por el tono eufórico de la voz, supe que se trataba de Laura, la representante.

Daniel se quedó hablando con ella, coordinado cómo cobrarían el dinero y la conferencia de prensa que darían, y yo me asomé disimuladamente por la ventana abriendo un poco las cortinas. Vi a los paparazzis esperando afuera, con las cámaras en la mano y mochilas a la espalda. ¿Cuánto tiempo más se quedarían?

Mientras los espiaba, varias imágenes vinieron a mi mente. Pensé en Bárbara. En la tía de Daniel. Me pregunté qué iba a ocurrir ahora que Daniel era más famoso y había ganado una suma importante de dinero. Solo había una manera de averiguarlo. Como vi que Daniel tardaría al teléfono, me senté en la computadora y entré al correo de Bárbara, aunque él me lo había prohibido.

Encontré varios correos de su madre, uno de Sebastián Arredondo y otro de Paquita Larrañaga. Dada la situación, eran un manjar para mí. Estaban aún en la bandeja de "no leídos".

Para: Bárbara

De: Mirtha

Asunto: IDIOTA

¿YA VISTE LA TELEVISIÓN? TE DIJE QUE SI NO HACÍAS ALGO, LA PERRA ESA SE IBA A QUEDAR CON TODOS TUS MILLONES. ERES UNA BRUTA. TIENES EL CEREBRO DE UN MOSQUITO.

Ese era el primero. El segundo decía:

Para: Bárbara

De: Mirtha

Asunto: HAZ ALGO

TIENES QUE RECUPERARLO COMO SEA.

El tercero decía:

Para: Bárbara

De: Mirtha

Asunto: APARECE

¿ESTÁS AHÍ? TE ESTOY LLAMANDO A LA CASA Y AL
CELULAR. MAS TE VALE QUE NO TE HAYAS SUICIDADO.

Me abrumaron las mayúsculas, pero sonreí con el último correo. Cada vez más esta señora y su familia me parecían más absurdas. Luego abrí el correo de Sebastián, el amante de Bárbara.

Para: Bárbara

De: Sebastián

Asunto: Premio

Como si ganar un premio pedorro fuera tan importante.
¿Nos vemos ahora? Perdona si fui un poco tosco anoche.
Me arrecha pensar que te cojo mejor que él.

Cerré ese mail con un gesto de asco.

Finalmente, abrí el correo de Paquita Larrañaga, la recién casada en Arequipa.

Para: Bárbara

De: Paquita

Asunto: Me muero

Cuánto lo siento, Barbarita. Es una pena que te hayas
pasado la vida al lado de un hombre que te paga tanto
cariño yéndose con otra. Así son los hombres, amiga. Dime
cuándo tienes tiempo y nos tomamos un café y nos
ponemos al día.

Xoxo

Me cercioré de apretar el botón "marcar como no leídos" y salí a buscar a Daniel.

–¿Qué hacías que tienes esa cara de culpa? –me preguntó a penas entré a la sala.

–Solo estoy emocionada, por tu triunfo

Supe que no me creía, las mejillas enrojecidas me delataban. Daniel se acercó y me besó apasionadamente. Me puso una mano en el trasero. Sostuve su cara entre mis manos, mirándolo a los ojos.

–Estoy tan orgullosa de ti.

–Y yo estoy contento de compartir esto contigo. Ahora tenemos que pensar bien qué vamos a hacer, Micaela. De momento no podemos quedarnos acá –hizo una pausa para que escuchara los gritos de los paparazzis en la puerta–. Voy a contratar un auto de lunas polarizadas que venga por nosotros a medianoche y nos lleve a mi departamento.

Moví la cabeza de arriba abajo, sabiendo lo que eso significaba: íbamos a vivir juntos.

–¿Todo bien por aquí? –dijo, poniendo una mano en mi barriga.

–Se siente mucho orgullo por aquí –respondí, sonriendo, tocándome el vientre levemente abultado.

Íbamos a besarnos cuando sonó el timbre. Daniel se puso delante de mí, como protegiéndome por instinto.

–¿Esperas a alguien? –preguntó con el ceño fruncido.

Moví la cabeza de un lado a otro.

treinta y cuatro

Abrí la puerta y lo abracé apenas entró. Lo besé en la mejilla y sentí su olor a perfume y crema de afeitar. Estaba en traje y corbata. En un par de horas tenía que ir al teatro.

—A esto le llamo servicio instantáneo —le dije, refiriéndome a lo rápido que había llegado.

Él soltó una carcajada que me hizo sonreír. Me encantaba oírlo reír. Su risa me hacía olvidar la mirada de mis padres. El corazón me latía rápido otra vez. Era como si estuviera un poco más viva cuando estaba con él.

—Tengo solo unas horas. ¿Qué les dijiste a tus padres finalmente? —me preguntó, sentándose en la mesa redonda del comedor.

Hice un gesto con la boca, parecido al disgusto, como diciéndole que no quería hablar de eso.

—Ya te cuento después. Fue doloroso, pero aquí estoy —abrí un poco los brazos—. Toda tuya. ¿Tú qué tal, todo bien con Bárbara?

—Sí, ya sabe que estás acá. Supongo que ahora me tendrá un poco más vigilado. Se pone así cuando estoy saliendo con alguien, pero es comprensible, supongo.

Me quedé en silencio, un poco confundida. El vino me relajaba y me quitaba las ganas de pelear. Entonces me di cuenta de que él no estaba tomando nada.

–Ah perdón, no te había ofrecido nada, ¿Quieres vino?

–No, gracias, ahora tengo que ir a trabajar. Quizá más tarde, o mañana.

–¿Agua? ¿Jugo?

–Agua está bien, gracias.

Caminé a la cocina y abrí la nevera. Se sentía bien sentir que todo lo que había en ese departamento era mío y no tenía que compartirlo con nadie. Bueno, era mío mientras durara mi relación con Daniel.

Le di el agua en la mano y sus dedos rozaron los míos. El contacto con su piel despertó en mí una crispación erótica. Le miré la corbata. El pelo todavía un poco mojado por la ducha. Los zapatos brillantes. Me mordí el labio. Este hombre me deseaba. A ratos no lo podía creer. A ratos todavía me sentía esa chica que el día de su primera cita se miró molesta al espejo. Este hombre era tan grande que aún ahora, sabiendo el poder erótico que tenía sobre él, me hacía sentir pequeña.

–¿En qué piensas, niña mala? –me preguntó con un brillo en los ojos.

–En estar encima tuyo. En las ganas que tengo de hacerte el amor con esa corbata elegante y ese traje oscuro.

El vino me había desinhibido. Su mirada se encendió aún más y me sonrió de medio lado.

–¿Cómo lo harías? –me preguntó, sin moverse.

Entendí su juego y me sentí con valor para jugarlo. Me dejé caer en la silla que estaba al otro lado de la mesa, en el extremo opuesto.

–Te quitaría la corbata y la ataría en tus ojos.

–¿Qué más? –me preguntó, separando un poco los labios–. Dime.

–Te abriría la camisa rompiendo los botones y te lamería el pecho.

–Micaela, qué rica eres –tiró la cabeza para atrás.

–Me sentaría vestida sobre ti y me movería muy suavemente, como bailando.

–¿Te gustaría jugar a ser mi puta una noche? ¿Bailarías desnuda para mí?

–Yo ya soy tu puta. ¿Sino qué crees que hago aquí? –dije y di otro sorbo largo a mi vino, porque la cosa se ponía caliente y tenía miedo de no estar a la altura.

Vi a través de la mesa de vidrio que se abría la correa y se bajaba la bragueta. Vi liberar su erección. Vi que comenzaba a tocarse.

–Tócate –me ordenó.

–Lo que usted diga.

Me abrí el botón del pantalón y me lo bajé hasta las rodillas. Separé un poco las piernas, mojé mis dedos con saliva, aunque realmente no lo necesitara. Chupé mis dedos, mirándolo a los ojos, moviéndome ligeramente en la silla.

–Así me gusta –dijo, y comenzó a tocarse con fuerza.

–¿Qué canción te gustaría que bailara? –le pregunté, sintiendo que la voz me temblaba, que su mano en su sexo era algo que me excitaba mucho.

Se quedó un momento pensando.

–"Elephant Human" –sonrió de medio lado, porque quizás sospechaba que no conocía esa canción–. ¿Qué más harías? ¿Dejarías que te toque?

–No, no podrías tocarme. Solo me sentirías bailando sobre ti.

Se quedó en silencio. Con los ojos cerrados. Sentí que ima-

ginaba lo que acababa de decirle. Lo vi muy excitado. Entonces tuve una idea.

Me puse de pie y me zafé los pantalones de los tobillos. Levanté la mirada y me encontré con la suya. Me acerqué a él y
le quité la corbata. La anudé en sus ojos. Entonces me di vuelta
y comencé a frotar mi culo por su sexo. Hice una especie de
baile sin música en el que mi culo se movía en su sexo duro,
moviéndolo de un lado a otro.

–¿Dónde están los condones? –susurré en su oído.

Él hizo el ademán de sacarse la venda, pero lo detuve enseguida.

–Dime dónde están, yo los voy a buscar.

–No traje condones. No pensé que…

Entonces me sentí una *femme fatal*.

–No te muevas.

Caminé unos pasos hasta mi mochila. Abrí uno de los cie-
rres de adelante y saqué una caja nueva de condones. Casa
nueva, condones nuevos. Los abrí cerca de él sabiendo que me
estaba escuchando, viendo la sorpresa en su rostro.

–¿Compraste?

Le puse el condón muy despacio.

–Supongo que eso contesta tu pregunta.

Entonces él se levantó la venda y se puso de pie bruscamente, como si estuviera molesto. Se sacó los pantalones de
los tobillos y desnudó la corbata. En un solo movimiento, me
cargó en sus brazos y me llevó al cuarto, a mi nuevo cuarto.
Me dejó caer en la cama.

–Te dije que se me ocurrían muchas cosas para hacerte
–murmuró, con la corbata en las manos–. ¿Te gustaría probar?

–Sí –respondí gimiendo, deseando que me poseyera en ese
mismo instante.

No podía dejar de mirar su sexo, su cuerpo marcado, su gesto depredador, fuera de control.

–Dame tus manos –dijo en tono imperativo.

Le extendí ambas manos. Él las amarró una junto a la otra en un nudo suave. Puso mis manos sobre mi cabeza.

–Ahora lo voy a hacer como no lo había hecho antes. Me vas a sentir bien adentro. Puede que te duela un poco. –¿Quieres?

"¿Doler un poco?", pensé, pero no me importó. Quería sentirlo adentro, como fuera.

Entonces me embistió con tanta fuerza que me hizo gritar. Entraba y salía con una fuerza que no había sentido antes. Me dolía. Pero estar amarrada me excitaba tanto que me daba valor para seguir.

–¿Quién te lo ha hecho mejor que yo?

–Nadie –respondí, gritando–. Nadie.

Siguió embistiendo. Sentía dolor y placer al mismo tiempo. Abría la boca, como si eso me aliviara.

–Te vas a quedar aquí y vas a ser mía, solo mía.

Abrí los ojos, vi su cara y me vine enseguida. Amaba ver su rostro entregado a mí, pensando en mí, sintiéndome a mí. Apenas él me escuchó gritar se vino también y me embistió con más fuerza aún y eso me hizo gritar de nuevo.

Cuando terminamos miró el reloj y me dijo que tenía que irse. Se vistió deprisa y me prometió que volvería al terminar el programa. Antes de irse, pasó por la mesa de la sala y agarró los condones. Estuve a punto de decirle algo, pero él corrió al ascensor y antes de darme el beso de despedida, me dijo con una media sonrisa:

–No quiero que hagas el amor con nadie más, por eso me los llevo. Si vas a quedar embarazada, más vale que sea de mí.

treinta y cinco

Daniel miró por el agujero de la puerta y luego abrió de golpe.

–Disculpe la interrupción –dijo una voz al otro lado de la puerta, parecía ser el portero–. Llegó este encargo para la señorita Micaela.

Daniel lo dejó entrar y vi al portero cargando una torta en las manos.

–Ponla encima de la mesa, gracias. Cualquier otro regalo que traigan lo dejas abajo, nosotros lo buscaremos mañana.

El portero asintió con la cabeza y se despidió de mí con una venia. Ahora que Daniel estaba en mi departamento parecía tenerme más respeto.

Daniel cerró la puerta y se acercó a la torta. Traía una tarjeta que decía: "¡Felicitaciones, Micaela!"

Nos quedamos sorprendidos. Como si ambos hubiéramos pensado que el regalo sería para él. ¿Felicitaciones por qué? ¿Por mi embarazo? ¿Por estar al lado de un hombre como Daniel?

La torta se veía deliciosa. Era de crema blanca con chocolate. Me mordí el labio. Estaba a punto de meter el dedo, cuando Daniel llevó la torta a la cocina. Caminé detrás de él, con la boca hecha agua, olvidando las náuseas que me provocaría semejante empacho. Daniel puso la torta en el repostero.

–¿Quieres, no? –me preguntó.

Moví la cabeza de arriba abajo.

–Está bien, pero antes tienes que confesarme que hacías mientras yo hablaba con Laura.

Miré hacia arriba y me encogí de hombros.

–Nada, no hacía nada.

–No mientas, Micaela, te conozco.

Daniel abrió una de las gavetas y sacó platos. Iba a seguir interrogándome cuando sonó su celular por enésima vez.

–Esta la tengo que tomar –me dijo levantando una mano a modo de disculpa.

Salí un momento de la cocina y caminé al baño. Me senté en el inodoro. Cuando estaba lavándome las manos, me miré al espejo y tuve un mal presentimiento. Fruncí el ceño. Me paré cerca de la puerta y escuché a Daniel sacando cubiertos y hablando al teléfono.

Juré que esta sería la última vez que espiaría el correo de Bárbara y me senté en la computadora.

Los correos que había leído hace un momento ya estaban en la bandeja de mensajes leídos. Señal de que Bárbara ya los había leído también. Entré con culpa a la bandeja de mensajes enviados. Bárbara solo había respondido a su madre. El correo había sido escrito hacía dos minutos.

Para: Mirtha
De: Bárbara
Asunto: Torta envenenada

Ya le dejé la torta. Solo espero que esa perra se muera
como una rata.

¿Torta? ¿Veneno? ¡Daniel! Me paré enseguida y corrí a la
cocina con corazón en la boca. Cuando llegué lo encontré al
teléfono apoyado en el repostero. Sobre él estaba la torta cortada y dos pedazos en dos platos con un tenedor al lado. Le
hice señales con las manos para que cortara la llamada. Me
pasé un dedo por la garganta, como quien advierte una muerte.

Daniel frunció el ceño y dijo al teléfono:

—Te llamo en un rato.

—¡La torta está envenenada! —grité—. ¡La mandó Bárbara!

—¡Qué! —gritó Daniel—, ¿cómo lo sabes?

—¡Porque lo leí en su correo! —confesé.

Daniel me miró con sentimientos encontrados. Parecía molesto y orgulloso a la vez.

—No me mires así, acabo de salvarte la vida —le dije, molesta—.
¿Estás seguro que conviene mudarnos abajo del departamento
donde está tu esposa desquiciada?

Movió la cabeza a un lado, sabiendo que tenía razón.

—De momento sí, Micaela. Por lo menos hasta que consiga
otro lugar donde vivir, sí. De ahora en adelante no se le abre la
puerta a nadie ni se reciben regalos de nadie. ¿Entendido?

Puso la torta y los platos en una bolsa y salió por la puerta
de atrás del departamento. Yo me di la vuelta y me fui a mi
cuarto.

A medianoche nos esperaba en la cochera un Mercedes con
lunas polarizadas. El número de paparazzis había crecido con-
siderablemente. La noticia ahora era conocida en otras ciuda-
des y todos querían una entrevista con el famoso Daniel Hall.

Todos querían la exclusiva. Él había decidido que haría una conferencia de prensa en un hotel refinado y mataría "varios pájaros de un tiro". Luego, por la tarde, viajaría a Nueva York.

Salimos del departamento en el auto y los paparazzis se nos echaron encima, adivinando que éramos nosotros.

–Cinturón –me ordenó, y se puso el suyo.

Obedecí.

–Piérdelos, por favor –le dijo al chofer.

–A la orden, señor.

Miré atrás. Varios paparazzis se habían subido a sus motos para perseguirnos, otros a autos Toyota, con motores ruidosos. El chofer aceleró y se perdió en una calle. Me sobresalté con la maniobra. Daniel puso una mano sobre la mía. Me agaché en el asiento y sentí que el auto se movía de un lado a otro. Escuché los motores rugir detrás de nosotros. Daniel miraba hacia adelante. Comprendí que él sabía que esto sucedería, que había contratado a un chofer experto en maniobras temerarias. Cerré los ojos y se me revolvió el estómago. Hice un gran esfuerzo por no vomitar.

Unos minutos después, el ruido de las motos cesó. El auto en el que íbamos bajó la velocidad, abrí los ojos y estábamos entrando al estacionamiento del edificio de Daniel.

treinta y seis

Colgué el teléfono y me puse de mal humor. Daniel acababa de llamar para decirme que asistiría a un "compromiso" con Bárbara. Era una reunión familiar de ella. Una casa seguramente grande, llena de gente con dinero. Me molestaba, aunque no debía molestarme. Yo había aceptado jugar ese juego. Ella seguía siendo la esposa. Yo era solo la amante. Estaba enamorada de Daniel, pero era solo la amante. A los ojos de los demás era así. Ninguna de esa gente que estaba chocando copas en la fiesta veía lo que pasaba cuando Daniel y yo estábamos solos. Por eso no entendían.

Me eché en la cama y hundí la cabeza en la almohada. Cerré los ojos con fuerza y solo pude recordar mis dedos en su pelo. Su mirada turbia, distante. Sus labios en los míos. Su sexo erguido. Su pecho suave. Sus lunares, sus pecas, los vellos de sus piernas. La manera tan delicada y a la vez tan intensa de poseerme. Lo imaginé detrás de mí, bajándome el pantalón de pijama, besándome el culo. Lo imaginé mirándome, deseándome, lamiendo entre mis piernas. Me humedecí de solo pensarlo.

Luego lo imaginé con esa mujer en la fiesta, tomados del brazo, como la pareja feliz. Me hervía la sangre. Lo odié. La odié.

Entonces recordé lo que Daniel me había dicho. Recordé mi libertad para ver a otros hombres. La rabia me enceguecí. Levanté el teléfono y llamé a Mario. Le dije que quería verlo. Me dijo que si quería que pasara por mi casa. Le dije que no. No debía decirle que mi casa ya no era mi casa. Le propuse encontrarnos en un café cercano. Evité contarle sobre mi nuevo departamento, que no era mi departamento y probablemente nunca lo sería.

Me puse cualquier cosa. No me interesaba verme sexy. Solo me interesaba hablar con alguien. En el fondo me interesaba sentirme deseada y quería que fuera de ese modo: en zapatillas y pantalones anchos.

Nos encontramos en el café. Él me saludó con insoportable amabilidad. Hacía pocos meses que no lo veía. Sin embargo, lo encontré tan joven, tan inexperto. Era evidente que quería irse a la cama conmigo. Pero lo escondía. No me lo decía. Y eso de pronto me parecía aburrido. Solo sonreía coqueto al otro lado de la mesa. Pedía una cerveza. Me preguntaba qué quería tomar. Pedí una copa de vino. Me miró con sorpresa. Como si se preguntara en silencio dónde quedaron esos días en que tomábamos cerveza en el malecón. Tomamos, conversamos largo y cuando miré el reloj, solo había pasado una hora. Me di cuenta de que con él, el tiempo pasaba más lento. Él me miraba con intensidad. Yo lo miraba sonriendo, halagada, sabiendo que al final de la noche no tendría el valor para acostarme con él. De pronto sonó mi celular. No era una llamada, sino un mensaje de texto.

Micaela, ¿Dónde estás?

No firmaba con su nombre. Pero yo sabía que era él. Ese tono suyo un tanto dominante y arrolladoramente seductor solo podía ser de él. Me quedé pasmada unos minutos. No supe qué contestar. Mario me miraba extrañado, advirtiendo el estupor en mis ojos. Algo me conocía ya.

–¿Quién es? –me preguntó, terminando el último sorbo de su cerveza.

–Es.... un amigo –respondí, confirmando que mis semanas con el señor Hall, alias: "Te digo todo de frente", me habían quitado entrenamiento en el arte de mentir.

Me miró sorprendido. Como si la situación le resultara ofensiva. Lo entendía, de veras. Traté de aliviar su contrariedad.

–Es alguien que conocí hace poco –seguí sin mentir–. Hemos estado saliendo... es complicado...

Sabía que con estas palabras estaba arruinando mi amistad con Mario. Más que la amistad, estaba malogrando nuestro código *delivery*: yo te llamo, tú vienes.

–Respóndele –me dijo, fingiendo que no le incomodaba, y pidió una cerveza más.

Estaba por improvisar una respuesta para Daniel cuando sentí el celular sonar y vibrar en mi mano. Era otro mensaje:

> Estoy en la puerta del departamento.
> He tocado el timbre. El portero dice
> que saliste. ¿Dónde estás?

Me puse a temblar. ¿Tan rápido terminó en la fiesta? ¿Sería que algo había salido mal? ¿Por qué usaba ese tono? ¿No era que había libertad?

• • •

145

Ya estaba en la puerta de mi departamento. Decidí decirle la verdad. Además, quería verlo. Quería estar con él. Besarlo, mirarlo a los ojos, sentir su olor. La cita con Mario había sido claramente un error. Sin embargo, él se había ido a su reunión con otra mujer. Al margen de los temas legales, era otra mujer. Su cuerpo me amaba, yo lo sentía, y que fuera a hacer una aparición pública del brazo de otra a la que yo sabía que no amaba me dolía. Me dolía de veras. Yo no tenía un acuerdo legal con él. Pero teníamos un acuerdo de piel.

Además, había pasado solo hora y media desde que me dijo que iría a la reunión. Si estaba de vuelta tan pronto, era obvio que no la había pasado tan bien. Lo extrañaba, lo necesitaba, y nada que no fuese él me importaba demasiado, así que le escribí:

> Estoy en la cafetería Barandas.
> Estoy con Mario, un amigo que me
> está haciendo compañía. Ven, ¡te
> esperamos!

Traté de sonar relajada, como si no hubiera estado molesta por lo del evento. Luego traté de explicarle a Mario que el famoso Daniel Hall vendría al café. Mario pasó del shock, a los celos, a la sorpresa, a la emoción de conocerlo. Lo entendí una vez más. Cómo culparlo. Era el efecto que solo alguien como Daniel Hall podía causar. Luego vinieron las preguntas. Esas previsibles preguntas que yo odiaba contestar, y por las que había mantenido todo este tiempo mi relación con Daniel en secreto.

Estaba tratando de contestar las preguntas curiosas de Mario, tratando de no entrar en demasiados detalles, sintiendo

que de veras debía darle una explicación, cuando volvió a sonar el celular.

Voy para allá, Micaela.

Entonces supe que mi mensaje "relajado" había sido en
vano. Supe que Daniel estaba molesto. Vendría por mí y cuando
Mario se fuera tendría que vérmelas con él.

treinta y siete

Daniel me sirvió un vaso de agua con gas.

–¿Estás mejor?

Moví la cabeza de arriba abajo, dándole a entender que seguía molesta. Me quedé parada junto al repostero principal.

–Bien, esto es lo que haremos. Yo mañana tengo la conferencia de prensa. Luego volaré a Nueva York por unas horas. Llego al día siguiente. Estaremos en esta casa unas semanas, lo que tarde en conseguir una casa para nosotros. Todo el tiempo que estemos acá no debemos abrir la puerta a nadie, en especial cuando estés sola. No debemos recibir nada de nadie, ni hablar con nadie hasta que nos mudemos. ¿Entendido?

–Sí.

–Voy a dejarle el departamento a Bárbara. No pienso escribirle ni llamarla. Mientras menos nos metamos con ella, mejor. Si ella quiere decir en las noticias que sigue siendo mi esposa, que lo diga. En ese punto debemos ser prácticos. Ella ya nos ha demostrado lo que es capaz de hacer así que debemos evitarla todo lo que podamos. ¿Okay?

–Okay.

A diferencia de él, yo no podía controlarme. No podía ocultar lo contrariada que estaba. ¿Una torta envenenada? ¿Y después qué?

–La conferencia de prensa es mañana por la mañana. Debo acostarme temprano. Me espera un día intenso.

Moví la cabeza de un lado a otro. Él pareció exasperado con mis precarios gestos de comunicación.

Me llevó a uno de los cuartos de huéspedes y supe que no dormiríamos juntos. En este punto me parecía que era lo mejor. Necesitaba estar un rato a solas.

Cuando se fue de la habitación, me metí a la cama con la computadora sobre las piernas. Entré al mail de Bárbara.

No podía imaginar qué hubiera sucedido si Daniel o yo comíamos la torta. No sabía cómo Daniel podía pasar por alto una cosa así con tanta facilidad. No sé si era por el embarazo o por qué, pero me afectaba tremendamente. Entonces se me ocurrió una venganza.

Una venganza justificada, que no tenía comparación con lo que ella me había querido hacer.

Hice sonar mis huesos, como hacían los pianistas antes de empezar a tocar. Sabía que después de esto Bárbara sabría que habría alguien espiando su cuenta, y con seguridad sospecharía que había sido yo. Mi primera venganza sería hacia Sebastián. Escribí:

Para: Sebastián
De: Bárbara
Asunto: Desesperada
Querido Sebastián:
　　Yo creo que a ti te duele tanto que Daniel haya ganado el premio, como a mí me duele que me haya cambiado por

otra. Perdona mi franqueza, pero cuando me tomo dos copas de champagne me pongo necia pero sincera. Nunca pude soportar que me dejaran y soy capaz de tener sexo contigo con tal de hacer justicia (alguien tiene que hacerme justicia de vez en cuando). Daniel ya sabe lo de nosotros. Nos descubrieron, gracias a mí. ¿Puedes creer lo deficiente que es mi cerebro? A veces pienso que mi cabeza es como una empresa venida a menos en la que solo hay un trabajador y es un hippie con un porro en la mano y una música reggae de fondo. Qué pena.

Luego busqué el correo del psiquiatra de Bárbara. El doctor Barragán. Escribí:

Para: Doctor Barragán
De: Bárbara
Asunto: Ayuda
Doctor Barragán:
   He tenido ganas de decirle esto hace mucho tiempo. Perdone que me desubique, pero usted me dijo que le dijera siempre todo lo que pasaba por mi cabeza, y ahora solo tengo una imagen mental: me veo chupándole la verga en su sillón de psicoanalista y por más que trato no se me va de la cabeza. Me tiene loca. Solo pienso en volver a la siguiente consulta. Estoy un poco recorrida pero usted sabrá comprender.

El último mail que abrí fue el de Paquita Larrañaga:

Para: Paquita

De: Bárbara

Asunto: Culo roto

Amiga querida:

Tenemos que tomarnos ese cafecito cuanto antes. Necesito tus consejos. No sé que hacer, tengo el culo roto. Desde que estoy teniendo sexo con Sebastián Arredondo me cuesta mucho caminar. Me duele cuando sonrío para las fotos de "Sociales". Tú que sales todo el tiempo en revistas y debes tener experiencia en esos asuntos, dime si conoces algún ungüento que me recomiendes para el ardor.

Presioné el botón de enviar y apagué la computadora.

treinta y ocho

Daniel entró a la cafetería con la peor cara que le había visto hasta entonces. Tenía la mandíbula endurecida. Los ojos centelleantes. No sabía si era porque algo había salido mal en la fiesta con Bárbara, o porque estaba muy molesto conmigo.

Comencé a temblar. Igual que en nuestra primera cita. Tal vez más. La culpa me carcomía. Traté de respirar hondo, como si eso realmente fuera a aliviar mis nervios.

Me paré de la mesa y caminé hacia él, de manera que sintiera que mi atención estaba en él. Me rodeó con una mano en la cintura, me besó con dureza. Luego se acercó a la mesa y saludó a Mario. Sentí que el apretón de manos fue algo fuerte por parte de Daniel, por la cara que puso Mario en el momento en el que su mano se encontró con la de mi novio. ¿Mi novio?

Se sentó en la mesa y recién entendí por qué la rabia de Daniel. Probablemente algo había salido mal en la reunión con Bárbara, pero recordé que hacía unas semanas le había contado a Daniel mi momento con Mario en el balcón. Me sentí una idiota.

Ni bien Daniel se sentó a la mesa, le disparó una mirada de

odio a Mario. Mario no se dio cuenta porque estaba dando el primer sorbo a la cerveza heladita que acababan de traerle. Daniel pidió un whisky en las rocas. Yo pedí una copa más de vino. Estuve a punto de pedir la botella misma.

Esta era la situación: estaba sentada frente a un amante de balcón, al lado del amor de mi vida. Genial, solo a mí me podían pasar esas cosas.

–Micaela, en veinte minutos debemos ir a casa, recuerda que mañana debes levantarte temprano para trabajar.

Me quedé unos segundos tratando de asimilar esa frase cargada de tanta información para mi cerebro oficialmente idiota y alcoholizado.

"¿A la casa? ¿Acaso vivimos juntos? Bueno tú pagas el departamento, pero de veras era necesario decir: ¿A la casa? ¿Cómo si fuéramos una pareja oficial? ¿Como si Mario no supiera que estás casado?", pensé.

Pero, una vez más, sublevada por él, traté de ser conciliadora, aunque en el fondo me dijera a mí misma: "cuando lleguemos a la casa, le demostraré que tan obediente soy, gracias a los tragos por supuesto".

–Claro –le hice un guiño a Mario–. En media hora nos vamos.

Mario sonrió, nervioso, sorprendido, probablemente deseándome aún más, viéndome con más respeto, con miedo al mismo tiempo. Le dijo a Daniel toda clase de cursilerías como que era un honor conocerlo, que había visto algunas de sus películas, que iba a ir a verlo ahora al teatro, que no había imaginado que una de sus mejores amigas fuera tan cercana a alguien tan grande como él, y otra subvariedad de halagos que, como casi todos los halagos, resultaban excesivos.

Entonces sentí que Mario admiraba más a Daniel que a mí.

Era como si de pronto ellos hubieran estado juntos en el balcón. Como si yo hubiera estado a punto de quedar relegada si Daniel no me tomaba de la mano y me decía:

—¿Vamos?

Mario se puso de pie. Muy obediente, como si le hubieran dado una orden militar. Ese era el poder de Daniel Hall y en ese momento entendí por qué me había deslumbrado ese día en el McDonald's. Era el poder que solo alguien con tanta elegancia podía tener.

Se despidió con falsa amabilidad. Yo sabía que estaba furioso. Me abrió la puerta del auto. Subí. No me habló durante el camino al departamento. Fue un paseo corto.

Ni bien entramos al ascensor la tensión se hizo insoportable. Traté de decir algo que ayudara.

—¿Qué tal la reunión?

Entonces volteó y me miró como si acabara de insultarlo y en dos movimientos me arrinconó contra el espejo del ascensor y me besó de una manera violenta. Sentí sus dientes mordiéndome los labios, sentí su lengua entrando en mi boca, sentí su erección en mi barriga. Me humedecí enseguida. La puerta del ascensor se abrió y yo busqué la llave en mi bolso. Metí la llave en la puerta y escuché la hebilla de su correa. Comencé a temblar.

Daniel se quitó el pantalón y los calzoncillos en la puerta. Sacó un paquetito plateado de su bolsillo. Mi mirada se quedó en su sexo erguido. Puso su saco sobre una de las sillas de la mesa, abrió la camisa con destreza. Antes de que pudiera pensar en lo que sucedería vino hacia mí y me tomó por la cintura. Me dio la vuelta. Me bajó el pantalón y lo dejó caer en mis tobillos. Me agarró el calzón con una mano y tiró de él. Sentí una presión en mi sexo. Era como un cosquilleo que aumentaba mi excitación. Me corrió el calzón a un lado y sentí dos dedos entrando en mí. Solté un gemido.

—Mía, eres mía ¿entendido?

Apreté las manos contra la pared. Estaba tan excitada que no pude contestar. Quería que me hiciera suya.

Escuché que rasgaba el paquetito. Un instante después sentí su penetración de golpe y solté un grito.

—No quiero que salgas con otros hombres, ¿me has entendido? —me dijo, con la respiración entrecortada.

—Yo tampoco quiero que salgas con otras mujeres.

Sentí sus dedos enredarse en mi pelo y tirar levemente de él, haciéndome levantar el mentón.

Se quedó en silencio. Metió las manos debajo de mi blusa y subió hasta su sostén. Me lo subió liberando mis pechos. Comenzó a jugar con mis pezones.

La excitación subió tanto que sentí que explotaba en un orgasmo delicioso y a la vez culposo por la violencia de sus palabras. Cuando supo que acababa de venirme me embistió dos veces más con fuerza y se corrió susurrándome al oído.

treinta y nueve

Daniel vino a buscarme al cuarto temprano por la mañana. Me dijo que nos ducháramos juntos.

Una vez en la ducha, con él al frente y pasándole el jabón por la espalda, sentí culpa. Sentí que lo que había hecho la noche anterior era una maldad. Enseguida me sacudí de la culpa y me dije que era una maldad tardíamente justificada. Recordé todos los ataques, los insultos, el odio injustificado de Bárbara y, entre el vapor del baño y el jabón, me persuadí de que lo que había hecho era justo. Ella había tratado de envenenarme. Ni siquiera los mails que escribí simulando ser ella alcanzarían el nivel de maldad que suponía envenenar a una mujer embarazada.

Hicimos el amor en la ducha. Luego salimos y nos cambiamos uno frente al otro por primera vez. No me cansaba de mirar su cuerpo. Se puso una camisa blanca elegantísima y unos pantalones de vestir. No se puso corbata.

–La corbata me trae recuerdos de ti y necesito estar concentrado esta mañana –me murmuró al oído y me besó el cuello.

–Te amo –dije sin pensarlo–. Que te vaya muy bien.

–Gracias, Micaela. Te llamaré a penas salga de la conferencia y esté camino al aeropuerto.

Sonreí sin mostrar los dientes como una niña buena.

–No le abras a nadie, ¿ya?

–No te preocupes, anda tranquilo.

Caminé a la cocina y busqué algo de comer. Esto del embarazo daba hambre, aunque por suerte no había engordado. Daniel apareció un instante después jalando un maletín negro. Antes de que se fuera saqué mi cámara (lo primero que metí en mi mochila cuando Daniel me dijo que nos mudaríamos) y le hice un par de fotos.

–Me llamas. Cualquier cosa que necesites me llamas al celular, lo tendré prendido.

–Anda tranquilo –dije, mirando hacia arriba–. Todo va a estar bien, lo prometo.

Por alguna razón me alegraba que se fuera. Iba poder pensar un poco en lo ocurrido esos últimos días. Tener tiempo para mí, para consentirme, escuchar un poco de música, relajarme.

Daniel salió y puse seguro en la puerta. No sabía si la loca de Bárbara estaría arriba, pero por si acaso puse seguro. Me serví un vaso de agua con hielo. Prendí la tele del cuarto de Daniel y dejé llenando el jacuzzi. Me quité la ropa. Puse música desde mi laptop. Una canción de The Cure.

Entré al baño de Daniel y tomé una de sus tantas rasuradoras. Tomé su espuma de afeitar. Me senté en el borde del jacuzzi y comencé a afeitarme las piernas y las axilas y mis partes íntimas. Luego saqué una pinza y retiré los últimos pelitos que quedaron. Me sentí tan bien, hacía mucho que no tenía un tiempo para mí misma. Cuando la tina se llenó eché espuma de baño y me metí. Era una delicia entrar en el agua y dejar de sentir el peso leve pero constante de mi barriga.

Me sentía tan bien que el agua me trajo recuerdos de Daniel. De aquel día en el jacuzzi, en el balcón en el hotel. Me toqué despacio y tuve un orgasmo tranquilo, relajado por el agua tibia. Luego salí de la ducha y me miré desnuda al espejo. Me gustaba mi barriguita. Era muy pequeña aún, pero contrastaba mucho con mis brazos y piernas delgadas. Traje la cámara e hice una segunda foto de mi barriga levemente abultada.

Salí en toalla al cuarto y vi que la conferencia ya había empezado. Ahí estaba mi amor en la televisión. El corazón me latió más rápido. Me pregunté si mis padres lo estarían viendo en la tele, si estarían pensando que había tomado una decisión equivocada. Al fin y al cabo, seguía esperando que llamaran a felicitarme por mi embarazo.

Miré a Daniel sentado en una mesa con un mantel azul y muchos micrófonos. Los flashes de las cámaras se reflejaban en su mirada. Tenía la camisa ligeramente abierta y le quedaba muy sexy. El pelo lo llevaba despeinado, húmedo, se veía contento.

–¿A qué se debe el look relajado, señor Hall? –preguntó uno de los reporteros.

Daniel sonrió mostrando los dientes. Amaba verlo sonreír así. Sabía que estaba pensando en mí.

Me mordí los labios y traté de imaginar su cara cuando le contara que me había tocado en el jacuzzi. Me eché en la cama y pensé en lo que había pasado en las últimas semanas. Todo había sido muy rápido y a ratos parecía demasiado bueno para ser verdad. Pensé que, sin darme cuenta, había dejado todo por este hombre. Me había peleado con mis padres, me había distanciado de mis amigos. Me pregunté qué estarían pensando en la revista. De ser amable y comunicativa con todos pasé a no hablar con nadie y a reírme sola frente a la computadora. Luego quedé embarazada y comencé a faltar y finalmente conseguí que me diesen el descanso médico (pagado) hasta dar a luz. No los culpaba si me odiaban. En las últimas semanas mi actitud había sido muy extraña. Por otra parte, todo en el último tiempo había sido muy intenso.

La conferencia terminó y Daniel me llamó, tal y como me había prometido. Llamó al teléfono de la casa.

–Estoy camino al aeropuerto.

–Te veías muy bien en la conferencia.

–Gracias –me dijo como si quisiera restarle importancia al asunto–. ¿Todo bien por allá? Estaré conectado a Internet desde el avión, así que si necesitas algo me escribes un mail.

–Voy a estar bien, Daniel, tranquilo –dije sonriendo–. La estoy pasando de maravilla.

–¿Ah sí? –preguntó, intrigado.

–Más de lo que imaginas.

–Confiesa.

–Solo me toqué en tu jacuzzi y ahora estoy desnuda en tu cama.

–Por lo visto no te puedo dejar un momento a solas –dijo fingiendo estar molesto. Pero yo sabía que sonreía.

–Parece que no.

–Me hubiera gustado estar ahí.

–A mí más.

–Pero yo no te hubiera dejado tocarte. Te habría tocado yo.

–Suena interesante. ¿Estás solo en el auto?

–No. Con un chofer.

–¿Y está escuchando esto?

—No escucha tu voz, solo la mía. Cuando hablo contigo no me gusta poner el altavoz. Ya estamos llegando al aeropuerto, tengo que colgar.

—Okay, ¿hablamos cuando llegues?

—Así será.

Colgamos. Aparté el teléfono y apagué la tele. Me acomodé entre las almohadas y me quedé profundamente dormida.

Me despertó el sonido del teléfono de la casa. Miré el reloj, habían pasado casi cinco horas. ¡Qué capacidad para dormir! Debía ser por el embarazo, o por la falta de sueño de los últimos días. Miré a un lado y a otro, buscando dónde estaba el aparato. Lo encontré escondido entre las sábanas. Apreté el botón verde y contesté.

—¿Llegaste?

Silencio.

—¿Hola?

Escuché un sonido que no logré distinguir. Estaba a punto de colgar cuando escuché:

—Ya sé que estás sola.

cuarenta

Al día siguiente desperté sola en mi nueva cama. Me paré y caminé a la cocina. Abrí la nevera y saqué un poco de jugo de naranja. Luego caminé al cuarto y prendí la laptop. Abrí mi mail y vi que tenía uno de Daniel.

Para: Micaela

De: Daniel

Asunto: Tu libertad

Perdona si anoche fui muy rudo.

No soporto la idea de que estés con otro hombre.

He cambiado de opinión con respecto a tu libertad para ver a otros hombres.

Yo no quiero estar con otras mujeres. Hay cosas que tengo que hacer con Bárbara pero no quiero tener sexo con ella.

No quiero tener sexo con ninguna otra mujer que no seas tú.

Eres libre de irte si así lo deseas, pero mientras vivas en mi departamento no quiero que veas a otros hombres.

Besos,

D.

Vi la hora en que me había enviado ese correo. 7:00 a.m. Él solía despertar tipo 9:30 a.m. Así que supuse que no había dormido. Me quedó claro que había estado dando vueltas en la cama. La idea me halagó. Daniel Hall perdía el sueño por mí. Respondí enseguida.

Para: Daniel

De: Micaela

Asunto: Tu libertad

Mi idea de la libertad es que sea la misma para ambos.

Yo tampoco soporto la idea de que salgas con otras mujeres.

Por eso llamé a Mario. Porque sentí que si tú veías a otra mujer, yo también tenía derecho de ver a otro hombre.

Entiendo que Bárbara sea tu esposa y que haya cosas que tienes que hacer con ella.

Pero si tú decides no divorciarte de ella y ponerte en esas situaciones no me pidas que no me duela.

No tengo intenciones de tener sexo con nadie. Me di cuenta de eso anoche, en el café con Mario. Ningún hombre me resulta tan atractivo como tú, eso que te quede claro.

Pero creo que la libertad debe ser la misma para los dos. Si tú tienes libertad para ver a otras mujeres yo también quiero tener libertad para ver a otros hombres. Eso no significa que tendremos sexo con esas personas. No tiene que ver con el sexo sino con la compañía, me parece.

Cuéntame algo de la fiesta.

Besos,

M.

Para: Micaela

De: Daniel

Asunto: Buen intento

No me ganarás esta ni ninguna partida de ajedrez.
Recuerda que tengo más tiempo que tú jugando este
juego.

De momento quedemos así. Es mediodía y acabo de
despertar. No suelo despertar tan tarde y estoy cansado.
Seguimos negociando por la noche, voy después del
teatro. Espérame con poca ropa.

La fiesta estuvo fatal.

No me importa cuánto alegues, encontraré la manera de
hacerte mía y solo mía.

Las cosas con Bárbara no son tan fáciles como parecen.
Parece una excusa pero no lo es, créeme.

Besos,

D.

cuarenta y uno

Colgué de inmediato. Era una voz de mujer y comprendí que era Bárbara. Miré el identificador de llamadas. Salía "número desconocido". La señora De la Vega estaba probablemente en su departamento y tenía ganas de fastidiar. Pues bien. No iba a dejarme intimidar tan fácilmente.

Me paré de la cama, me amarré una toalla al pecho y fui al baño. Me senté en el inodoro. Desde ahí escuché que alguien llamaba a la puerta. Sentí una punzada en el corazón. Salí del baño y caminé despacio por el corredor hacia la puerta principal, sujetando la toalla con una mano. Volvieron a tocar y esta vez di un salto. Parecía como si estuvieran tocando con la palma de la mano. Caminé en punta de pies a la puerta y me asomé por el orificio para comprobar quién estaba del otro lado. Vi la cara de Bárbara inflada por el lente del visor. No tenía buen aspecto. Llevaba el pelo suelto y desarreglado. Tenía ojeras pronunciadas, como si no hubiera dormido en varios días. No llevaba maquillaje. Pude distinguir unas cuantas pecas sobre las mejillas y los hombros. Una pijama de seda blanca sin mangas. Estaba tan cerca de la puerta que solo podía verla hasta la altura del pecho, quién sabe si traía algo en las manos. Levantó la mirada hacia el agujero, como supiera que estaba ahí. Me aparté y retrocedí en puntas de pies.

Había algo extraño en su mirada. Parecía fuera de sí. Estaba irreconocible, comparada con la última vez que la había visto en televisión. Tenía la mirada de una desquiciada. El odio brillaba en sus ojos.

Volvió a golpear con la palma de la mano.

Me quedé parada unos segundos y vi que deslizaba algo por debajo de la puerta. Era un papel escrito con plumón negro.

Sé que estás ahí

Lo leí desde donde estaba, no quise agacharme a recogerlo para no hacer ruido. Me di cuenta de que no iba a irse. El miedo empezó a endurecer mi cuerpo. Quise correr a llamar a Daniel, pero no podía moverme.

Escuché que manipulaba la manija de la puerta, como comprobando que estuviera cerrada. Contemplé la posibilidad de que tuviera una copia de la llave y empecé a sudar frío. Confié en que a Daniel no se le hubiera escapado un detalle así. Vi que se deslizaba otro papel.

Abre la puerta

Di un paso hacia atrás. Escuché que volvía a manipular la puerta. Di otro paso hacia atrás. Volvió a golpear la puerta con la mano. Hubo unos segundos de silencio y luego vi que se deslizaba otro papel.

Ésta es mi casa

Bárbara siguió golpeando. Retrocedí despacio hasta el final del corredor y me eché a correr hasta el cuarto. Tomé el teléfono y marqué el número de Daniel, apretando los prefijos de larga distancia que me había dejado en un papel sobre su escritorio. Los dedos me temblaban y me equivocaba al marcar. La puerta seguía retumbando. Cuando finalmente logré presionar los números correctos la llamada entró al buzón de voz.

–Daniel, llámame –dije alterada, y colgué.

Corrí a la cocina, esta vez sin temor a que escuchara mis pasos sobre el piso de madera. Levanté el intercomunicador y llamé al portero.

–Eh... hola, hay una mujer en la puerta de mi departamento que golpea la puerta con insistencia. ¿Cree que podría subir a echar una mirada?

–Enseguida, señora Hall.

En otra situación hubiera suspirado con la manera en que me llamó el vigilante, pero ahora no era momento para eso. La verdadera señora Hall me tenía perturbada con sus golpes.

Miré por al agujero de la puerta y vi que ya se había ido. ¿Me habría escuchado llamando al vigilante? Probablemente. A los dos minutos volvió a sonar la puerta, esta vez quien tocaba lo hizo con los nudillos y tuve la sensación de que era el portero. ¿Acaso estaba de moda no utilizar el timbre? Miré por el agujero de la puerta y vi al vigilante. Abrí.

–Se fue. La persona que estaba aquí se ha ido –dije enseguida, por si pensaba que estaba jugando con él.

El portero movió la cabeza a un lado, no sé si porque dudaba de mí o porque le incomodaba verme en toalla.

–Si vuelve a verla me avisa, estaré atento. ¿Era alguien del edificio? Si reconoce a alguien hágamelo saber.

Moví la cabeza de arriba abajo y apreté los labios para no decirle: fue Bárbara.

Se fue y volví a poner seguro. Me pregunté si los vecinos de los otros pisos habrían oído.

Suspiré hondo y fui a tomar algo a la cocina. ¿Qué pretendía Bárbara? ¿Atormentarme? ¿Hacerme daño?

El teléfono volvió a sonar. Miré el identificador de llamadas de la cocina. Salía otra vez "número desconocido". Decidí enfrentarla.

–Dime qué quieres, Bárbara.

Colgó sin hablar. Tal vez no esperaba que contestara.

Me quedé parada ahí, sospechando que volvería a llamar. A los cinco segundos, volvió a sonar.

–Bárbara, tú sabías perfectamente de lo mío con Daniel. Tú sabías que él tenía otras mujeres. Fuiste tú quien decidió quedarse a su lado. ¿Por qué? ¿Por qué si sabías que no te amaba?

Escuché el sonido de su respiración. Parecía tranquila. Como si no la afectaran mis palabras y no la sorprendiera el razonamiento.

Volvió a colgar. A los diez segundos, sonó otra vez.

–¿No vas a decir nada? ¿Entonces para qué llamas?

Esta vez no oí su respiración sino una canción que sonaba cerca al auricular. La reconocí enseguida: "Bad Romance" de Lady Gaga. Presté atención al comienzo de la letra. Hablaba de una mujer atrapada en un mal romance. La encontré terrorífica.

Colgué. Volví a sentir miedo. ¿Qué me pasaba con esta mujer que me ponía los pelos de punta?

Me quedé esperando una nueva llamada. El teléfono no volvió a sonar. Caminé de un lado a otro en la cocina, tratando de entenderla. Luego volvió a sonar el teléfono. Levanté el auricular y no dije nada. Fue ella quien habló esta vez.

–Mira por la ventana de tu nueva sala.

Y colgó. Salí a la sala con las piernas templando y vi una muñeca estilo Barbie colgando frente a mi ventana. Llevaba el hilo alrededor del cuello y un vestido blanco. Venía del piso de arriba. Supe que la muñeca la había colgado desde la sala de su departamento. Achiné los ojos para mirar bien y vi que le había puesto una bola de papel en el vientre, simulando que estaba embarazada.

Me tapé la boca para contener el grito. Estaba desquiciada. Sonó el teléfono, corrí a la cocina y vi un número largo en el identificador de llamadas. Supe que era Daniel.

–¿Se puede saber qué le pasa a tu esposa? –grité enseguida–. ¡Está completamente loca!

–¿Qué hizo?

No parecía en absoluto sorprendido por mis palabras.

cuarenta y dos

Decidí tomarme en serio la sugerencia de Daniel y lo recibí desnuda esa noche. Amé su mirada atónita cuando entró a la casa y me vio echada en el sofá de la sala. No dijo una palabra. Caminó hacia mí y se sentó a mi lado. La tensión erótica se disparó al instante. Puso una mano en mi pierna y me miró de arriba abajo. Tenía la respiración agitada. Pude distinguir su creciente erección.

Lo miré a los ojos, encontrando coraje en su deseo para no cubrirme. Todo eso era nuevo para mí. Aún me sorprendía que el deseo entre nosotros me llevara a hacer estas cosas, casi como por instinto, sin siquiera haberme tomado una copa de alcohol.

Me cargó en brazos hasta el cuarto. Me recostó en la cama y se echó sobre mí. Me besó con pasión y a la vez con ternura. La velocidad era otra. No había violencia en sus besos. Se detuvo un momento y me miró a los ojos.

—Me hubiera gustado conocerte antes.

Sabía a lo que se refería. Sabía que me lo decía por su matrimonio con Bárbara. Su mirada se hizo más intensa.

–Pero sabes, quizá no sea demasiado tarde.

Me perdí un poco. No supe bien a qué se refería. Entonces él me sorprendió con una confesión que ya me había hecho antes y que yo había tomado en broma.

–A veces pienso que me gustaría tener un hijo contigo.

Me quedé en shock. No supe qué contestar.

–Es una locura, ya lo sé. No sé cómo lo manejaría con Bárbara, lo único que siento es que quiero que estés siempre a mi lado. Somos tan compatibles que sería una cobardía no embarcarnos en esa aventura.

Solté una risita nerviosa.

–En serio te lo digo. Bárbara tendría que aceptarlo. Fue ella quien no quiso tener hijos y yo me he quedado con las ganas. Hasta ahora no había querido que las cosas cambiasen entre ella y yo porque no había encontrado un motivo –me miró con más intensidad–. Pero creo que lo he encontrado.

–¿Crees que ella te dejaría ir?

–No lo sé. Le tengo cariño y no quiero hacerle daño. Pero tampoco quiero dejar de hacer lo que quiero hacer. A ella le gusta la buena vida, Micaela. Creo que si sigo dándosela y somos discretos no le pondrá frenos a lo nuestro.

Me sonrío de medio lado. Como si estuviera conteniendo la sonrisa. Yo también sonreí. En ese momento quedó claro que lo íbamos a intentar. No acordamos cuándo ni cómo sería. Supongo que solo esperaríamos a que llegara el momento.

–Tú me haces sentir distinto, Micaela. Tú me haces sentir cosas que no había sentido. Nunca había dejado que una mujer me hiciera el amor. Yo estoy acostumbrado a tener siempre el control en la cama. No estoy acostumbrado a que me sorprendan. No estoy acostumbrado a que una mujer me espere desnuda en la casa o me vende los ojos con mi corbata. Me halaga sentir que me deseas tanto.

—Yo siento lo mismo. Todo esto es nuevo para mí también. A veces todavía me sorprendo pensando en que he terminado enredada con un hombre casado. Pero por alguna razón no siento que le estoy haciendo daño a nadie. Tú esposa lo sabe, lo acepta. Y yo te quiero. Me gustas. Me llevas a hacer locuras como esta. Me gusta tu manera de hacerme el amor. No me gustaría que esto terminara.

Me apretó con fuerza contra su pecho y comenzó a besarme el cuello. Mi cuerpo se tensó enseguida. Recordé mi desnudez. Me sentí suya. Sentí sus manos acariciando mis muslos, su respiración entrecortada. Sentí su erección contra mi sexo desnudo. Sentí sus dedos acariciarme entre las piernas.

—Eres tan suave —murmuró con voz ronca.

Se abrió el pantalón y aproveché para tocarlo por encima de los boxers. Me puse de pie y le bajé los boxers. Lo empujé a la cama. Tomé su sexo con una mano y lo metí en mi boca. Succioné con fuerza, cubriendo bien mis dientes, usando la lengua a ratos.

—Micaela, qué rico la chupas.

Me tomó por la cabeza con ambas manos y comenzó a moverse en mi boca. Escuché su respiración acelerarse cada vez más hasta que paró de pronto.

—Me encantaría terminar ahí, pero hay otras cosas que quiero hacer.

Me echó en la cama y me separó las piernas. Hundió su lengua en mi sexo y me lamió con esa destreza que me hacía delirar. Puso las manos en mis pechos y comenzó a jugar con mis pezones. La sensación era tan intensa que me vine.

–Muy bien, mi amor. Ahora date vuelta. Échate boca abajo.

Obedecí sin dudarlo.

–Me avisas si te incomoda –murmuró y enseguida sentí que me penetraba profundamente.

–Eso me encanta, Daniel –gemí.

–No lo decía por eso –hizo una pausa y sentí su dedo en mi culo–. Lo decía por esto.

Me penetró doble. Con su sexo y con su dedo. Fue una sensación increíble. No sabía que eso se podía hacer. Sentí su embestida doble y en cuestión de segundos me vine de nuevo. Daniel siguió un poco más hasta que terminó arremetiendo con fuerza y conmigo gritando su nombre.

cuarenta y tres

—¡**N**o me deja en paz! ¡Está colgando muñecas embarazadas por mi ventana y me llama cada cinco minutos, qué carajo significa esto!

Escuché la respiración alterada de Daniel. Empezó a titubear, como si no supiera si decírmelo.

–¡Qué pasa con esta mujer, Daniel, habla ahora! –grité furiosa, llorando.

–Micaela, no pasa nada grave, simplemente creo que está teniendo una crisis.

–¡Crisis es lo que tengo yo, ella está mal de la cabeza, Daniel! ¡Qué pasa con ella! ¡Habla ahora mismo!

Daniel botó aire por la boca.

–Tiene un trastorno de personalidad, pero no es peligroso. No pone tu vida en riesgo en absoluto, solo tiene una crisis y quiere molestarte. Eso es todo, no es una asesina, solo tiene un trastorno de bipolaridad y parece que está fuera de control, pero no te preocupes, lo solucionaré ahora mismo.

–¡Y por qué no me lo habías dicho antes! –grité, histérica–. ¡Dime! ¿Qué tienes en la cabeza para irte de viaje y dejarme con esta loca desquiciada? ¡Por qué no me lo dijiste!

La voz de Daniel se endureció.

–Porque no había querido asustarte, ¿okay? Bárbara tiene un problema de bipolaridad y otro de dependencia emocional. Ahora ya sabes la tercera razón por la que no me había divorciado de ella. No quería que ocurriera esto, no quería que se desbordara en una escena como esta y lamento mucho que haya ocurrido justo cuando no estoy. Pero déjame decirte que a esta mujer la conozco y tú tienes que haber hecho algo para desatar su ira, porque cuando me fui todo parecía muy tranquilo.

Entonces recordé los mails que había escrito anoche haciéndome pasar por ella. Cerré los ojos y los apreté con fuerza. De haber sabido que la mujer tenía un problema mental no habría hecho una cosa así.

–Anoche mandé unos correos haciéndome pasar por ella desde su cuenta de correo electrónico.

–Ahí tienes –dijo furioso–. Esa es la razón. Micaela, te dije que no entraras a su correo, por favor déjala tranquila, no hagas nada que pueda provocar su rabia.

–¿Qué la deje tranquila? –pregunté indignada–. Es ella quien no me ha dejado tranquila a mí con sus perras regaladas y sus insultos en la pared de mi cochera.

–Bueno Micaela, pero tú no tienes un problema mental, ella sí, ten compasión.

Le colgué el teléfono. Me agarré la frente. No podía creer lo que acababa de decirme. ¿Trastorno de personalidad? ¿Compasión por ella? Volvió a sonar el teléfono y esta vez era ella. No contesté. Caminé al cuarto de Daniel y cerré la puerta. Abrí mi correo y encontré un mail de Daniel.

Para: Micaela
De: Daniel
Asunto: Incendio apagado
Hablé con el doctor Barragán, psiquiatra de Bárbara.
Está yendo a verla al departamento.
Dice que es probable que lleve días sin tomar su
medicación, o que sea una crisis de las que suelen darle
cada tanto.
Perdona que no te lo haya dicho antes. Debí avisarte.
Estoy camino a la bendita ceremonia de premiación.
Pero ya no estoy contento.
Terminando tomo el primer vuelo de regreso.
Solo pon seguro a la puerta y no contestes el teléfono.
Estarás bien.
Estoy en la casa en unas horas.
Besos,
D.

Respondí enseguida.

Para: Daniel
De: Micaela
Asunto: Lo siento
El trastorno de Bárbara explica muchas cosas.
Siento haberte colgado el teléfono.
Pero a mí me colgaron una muñeca.
Suerte en la premiación.
Besos,
M.

Bárbara había dejado de llamar. Quizá porque sabía que ya no iba a contestarle. Por las dudas desconecté todos los teléfonos. Me quité la toalla, me puse un polo de Daniel y me metí a la cama. Esta vez no pude dormir. La canción de Lady Gaga me retumbaba en la cabeza.

cuarenta y cuatro

Cuando terminamos de almorzar, Daniel se paró de la mesa. Supe que tenía que irse a prepararse para la obra. Vi que sacaba un sobre blanco de su casaca.

–Quiero llevarte a comer esta noche a un lugar lindo. Después del teatro. A las diez en punto, te espero abajo. Es un lugar muy elegante. Para eso necesitas esto –y miró el sobre blanco que había extendido hacia mí–. Es un regalo, espero que lo aceptes.

Tomé el sobre en las manos y estuve a punto de abrirlo, pero él me detuvo.

–Ábrelo cuando me haya ido –me ordenó y caminó hacia la puerta.

Cuando se fue, abrí el sobre y encontré dinero. Lo saqué y lo conté. Dos mil dólares. Casi pegué un grito de la impresión. Entendí qué era lo que quería que hiciera. Que me comprara ropa elegante. Estuve a punto de tomarlo como una ofensa, pero decidí no acomplejarme y aceptarlo. De cualquier manera ya se había ido. Y la idea de vestirme elegante para ir a cenar con él me resultaba irresistible.

Pensé que lo suyo con su esposa tendría que manejarlo él. Yo ya le había sugerido el camino fácil: el divorcio. A mis ojos, si no había hijos ni amor el asunto resultaba menos delicado.

Decidí salir de compras. Pero antes me paré a mirar mis correos. Encontré uno de Mario en el que me decía para vernos en la noche. Pensé que presentarle a Daniel había aumentado su deseo de estar conmigo. Me había dado un aura de importancia ante él y ante mis amigos, porque si algo tenía claro era que él no había guardado el secreto.

Poco me importaba. Al margen de lo que pensaran mis amigos, no tenía muchas ganas de acostarme con nadie que no fuese Mr. Hall. Estaba loca por él. Sentía que lo que me estaba sucediendo era excepcional y que había tenido mucha suerte como para no aceptar jugar el juego. Le respondí educadamente que no nos veíamos, que tenía otros planes.

Tomé un baño de tina con burbujas y música. Puse una canción de Pink, "Please Don't Leave Me". Era la primera vez que le prestaba atención a la letra. Hablaba de un amor posesivo, torturado. Un amor que sabes que te hace daño, pero que no puedes dejar. Tuve una sensación extraña. Por alguna razón pensé en Bárbara.

Me sequé con una de las toallas blancas que estaba en la repisa de metal. Me miré al espejo. No pude evitar pensar que no merecía todo esto. Era demasiado lujo. No estaba acostumbrada. Era como estar de vacaciones siempre. Todo el tiempo tenía la sensación de que estaba en un hotel carísimo y que tantas cosas buenas no podían ser verdad.

Luego salí a mi cuarto y abrí el closet. Estaba casi vacío. Solo había tres o cuatro prendas que había traído en una mochila de la casa de mis padres. El resto de la ropa lo había dejado ahí. Mi salida había sido tan intempestiva que no había tenido tiempo ni coraje para hacer mis maletas. Me puse unos jeans ajustados y una chompa de manga larga, unas zapatillas Converse. Salí a la calle.

Caminé a una tienda cercana. Muy linda, muy lujosa. Era una tienda a la que había entrado alguna vez, solo para curiosear, sabiendo que era demasiado cara y no podría comprar nada. La vendedora fue amable, pero en su mirada había cierta desconfianza. Como si sintiera que saldría de ahí sin comprar nada. Media hora después estaba afuera con una bolsa cuadrada en la mano. Había comprado un vestido negro corto y unos zapatos negros, muy altos, muy finos. Decidí que me vestiría de negro, porque era lo más seguro. No quería parecer nueva rica. Caminé a la peluquería que estaba enfrente y pedí que me lavaran y me alisaran el pelo. Pedí que me maquillaran un poco, solo un poco. Salí y entré a la cafetería que estaba al lado. Era un lugar donde las señoras ricas de Lima solían ir a tomar el té. Me senté en una mesa, sintiéndome importante por mi pelo recién alisado y pedí una copa de vino blanco. Tomé en silencio, mirando las personas de las mesas a mi alrededor. Había una mesa de chicas jóvenes, como de mi edad. Todas con ropa de marca, hablando a gritos, tomaban *apple martinis* y me miraban como si fuera una perdedora por estar sola ahí. Miré a las señoras con collares de perlas tomando té y comiendo alfajores, riendo con la servilleta de tela sobre la boca. A los señores de traje y corbata, tomando café o vino tinto. Parecían conversar sobre asuntos muy importantes. Tomé otro sorbo de mi copa y caí en la cuenta de que ese era mi nuevo barrio. Nuevo departamento, nueva cama, nueva vida. Todo muy pulcro y refinado.

Salí del lugar y regresé caminando al departamento. En el

camino me crucé con un grupo de chicos que caminaban en dirección contraria. Tendrían mi edad, tal vez un poco menos. Cuando pasaron a mi lado me mandaron besos y me dijeron piropos. Me sonrojé. Atribuí los cumplidos a mi pelo recién peinado y a mi bolsa cuadrada de papel. Miré la bolsa, salía la marca de la tienda, supuse que eso me daba un aire refinado, como quien lleva una cartera de marca.

cuarenta y cinco

Daniel llegó por la mañana. Me despertó con un beso en la mejilla. Abrí los ojos y lo vi parado frente a mí, con el maletín parado a un lado. Me senté en la cama y vi la estatuilla del premio sobre su escritorio. Me paré a abrazarlo. Luego nos sentamos en la cama.

—Perdona que no te dije antes lo de Bárbara —me dijo mirándome a los ojos.

—Todo bien, pero no quiero más, Daniel. Si hay algo más que confesar más vale que hables ahora.

Daniel tomó aire. Apretó los labios. Miró su estatuilla, como si eso le diera confianza.

—Hay una pistola en la caja fuerte. Yo te dije que Bárbara no era peligrosa. Pero el doctor Barragán me dijo que la había visto muy descontrolada anoche, que tuviéramos cuidado. No creo que esto ocurra, de veras, conozco a Bárbara ya hace un tiempo. No la creo capaz. Pero si en algún momento ves que tu vida está en peligro, hay un arma en la caja fuerte que está en mi closet, detrás de mis corbatas.

Tragué saliva y lo miré a los ojos.

–De veras no creo que la necesites –Daniel movía la cabeza de un lado a otro, como si en el fondo sintiera que era una posibilidad–. Es un revolver pequeño, muy fácil de usar. Está cargado. Solo hay que quitar el seguro antes de disparar.

–Okay, tenemos un arma –dije, como asimilando lo que me acababa de decir–. ¿No es peligroso, Daniel?

–Sería peligroso si Bárbara lo supiera. Pero ella no sabe que tengo esa arma. No tiene la combinación de la caja fuerte. Te lo cuento porque me arrepiento de haberte escondido lo del problema psicológico de Bárbara y no quiero que haya más secretos entre nosotros.

Moví la cabeza en señal de aprobación. Parecía abatido por el viaje. Lo tomé de la mano y lo llevé al baño. Prendí el jacuzzi. Comencé a desvestirlo lentamente. Abrí su camisa de a pocos y luego le desabroché la correa. Él me quitó el polo, sonriendo al darse cuenta que era suyo. Le bajé el pantalón y los boxers al mismo tiempo. Me puse de pie y miré su erección. Entramos al agua. Nos sentamos uno atrás del otro, él detrás de mí. Me masajeó los hombros con un poco de jabón mientras yo acariciaba sus piernas bajo el agua.

–Los jacuzzis me recuerdan a ese día en el hotel –murmuró en mi oído.

–A mí también –le dije, sonriendo, mirándolo a los ojos.

Volví a recostarme en su pecho y sentí sus dedos acariciándome la parte superior de los muslos. Cerré los ojos, esperando que me tocara.

Me di cuenta de que estaba jugando a la dulce tortura así que me di vuelta y le pasé la lengua por el cuello. Sentí su barba de un día. Su olor a hombre. Su erección en mi espalda. Entonces sentí como su dedo se deslizaba adentro de mí y levanté los pechos fuera del agua para que me mirase. Me tocó por fuera y por dentro hasta que me vine y luego le pedí que se sentara en el borde de la tina, como él había hecho conmigo unas semanas atrás. Me agaché y chupé y me encantó volver a sentir su sabor en mi boca. Había estado de viaje solo unas horas, pero lo había extrañado mucho.

Salimos de la tina y fuimos a la cama. Nos metimos desnudos entre las sábanas. Hicimos el amor una vez más. Él encima mío. Cuando terminamos, se quedó dormido enseguida. Venía de un vuelo largo así que decidí dejarlo dormir.

Me paré de la cama y me puse ropa limpia. Luego fui a la cocina y bebí un vaso de agua. Tomé mi iPod y decidí a caminar un poco. La necesidad de tomar aire se hacía cada vez más frecuente.

Caminé a paso lento, mirando la ciudad, con una melancolía inesperada. Sentí una profunda tristeza, como si algo estuviera a punto de terminar. No sabía qué, pero lo sentía. Miraba los árboles sin hojas, la basura en bolsas negras, los hombres lavando autos en la calle, los niños uniformados saliendo del colegio, el heladero manejando su carretilla amarilla, el cielo gris sin nubes, la tienda de la esquina, los taxis blancos, los autos de lujo, el mendigo en la otra esquina. Quise caminar hacia el mar, hacia el malecón, hacia mi antiguo barrio. Extrañaba mirarlo desde el acantilado y sentir la brisa en la cara. Sentir que el tiempo se detenía, que era solamente yo en el mundo.

Estaba casi a mitad del camino cuando noté que un auto negro avanzaba despacio detrás de mí. No quise voltear de inmediato, por alguna razón no lo hice. Desaceleré el paso y sentí que el auto desaceleraba también. Entonces giré la cabeza y vi que era un Audi negro. Lo conducía una mujer de pelo negro. Reconocí el rostro estupefacto de Bárbara. No sé qué cara habré puesto yo, pero al parecer ella también estaba sorprendida de verme. Decidí voltear y seguir caminando.

El auto me siguió una cuadra, luego dos. No volví a voltear, pero sentía el ruido del motor muy cerca. Comencé a preocuparme y aceleré el paso. ¿Me había encontrado por casualidad o me había venido siguiendo?

Seguí caminando. Dos cuadras más adelante, empecé a asustarme. Recordé lo que Daniel me había dicho. No era peligrosa. Mi vida no corría peligro. Era difícil no sentir miedo al verla siguiéndome.

La calle estaba vacía y el motor seguía ronroneando casi en mi oreja. Me di media vuelta y comencé a correr en la dirección contraria. Su intención de seguirme se hizo evidente cuando el auto giró y enfiló hacia mí. Me agarré el vientre con una mano y corrí lo más rápido que pude. El Audi estaba ahora contra el tráfico, pero no parecía querer detenerse. Traté de llegar al final de la vereda para escabullirme en la siguiente calle. Volteé y miré la cara de Bárbara. Tenía los labios apretados y la mirada de una liebre. Era una expresión de amargura y despecho. Cuando estaba por llegar al final de la calle, sentí una punzada en el vientre y dejé de correr. Apoyé las manos en mis rodillas y la miré a los ojos. Ella se detuvo. Por dos segundos ambas sostuvimos la mirada. Era la primera vez que nos veíamos así, cara a cara.

Achiné los ojos y le hice sentir mi desprecio. No pareció intimidarse. Pero un segundo después algo en su expresión cambió. Vi que una camioneta azul venía a toda velocidad por la calle a la que yo iba a entrar. La camioneta dobló sin frenar y se encontró con el auto de Bárbara. Miré la camioneta, miré a Bárbara. Los ojos se le agrandaron y puso ambas manos sobre el timón, como si lo estuviera jalando contra su pecho, como esperando la colisión en vez de intentar una maniobra para no chocar. Entonces escuché el chillido de unas llantas contra el pavimento y cuando menos lo esperaba la camioneta azul se estrelló contra el auto de Bárbara. El estruendo fue tan fuerte que me agaché por instinto, como si los vidrios que volaron pudieran caer sobre mí.

cuarenta y seis

Me subí a la camioneta de Daniel y le extendí el mismo sobre blanco que él me había dado por la tarde.

—Es el dinero que sobró.

Él no contesto. Me miraba como arrobado, con una sonrisa de oreja a oreja y los ojos brillantes.

—Estás preciosa.

Sonreí. Siempre que estaba con él sonreía de una manera involuntaria. Solo él lograba decir o hacer cosas que me hacían sonreír aunque no quisiera.

—Nunca me habían dado un vuelto —rió—. Es el primer vuelto de mi vida.

Lo miré con el ceño fruncido. Él seguía riendo, mirándome con ternura. La situación comenzaba a resultarme un tanto incómoda. No entendí por que tanta risa.

—Contrastes, Micaela. Una de las primeras veces que salimos me dijiste que siempre te habían gustado los contrastes. Ahora no podría estar más de acuerdo contigo.

Traté de entenderlo.

–¿Lo dices por Bárbara? ¿Bárbara nunca te da vuelto?

Él dejó de reír, pero siguió sonriendo.

–Exacto.

Daniel encendió el motor y emprendió la marcha.

–¿A dónde vamos? –pregunté, con voz curiosa.

–No te lo voy a decir, quiero sorprenderte.

Puso una mano en mi pierna. Me ericé levemente. Pensé en chupársela ahí mismo, pero no quise bajar en modo alguno la tensión erótica. Hacía mucho que no estaba tan emocionada. Me sentía como una niña.

Me recosté en su hombro y sentí su aroma. Su olor a hombre era una de las cosas que más me gustaban de él. Pensé en lo que me diría un psiquiatra. No me importó.

–Te quiero –murmuré.

–Yo también te quiero –respondió y mi corazón se aceleró porque de veras no esperaba respuesta.

Nos quedamos así. En la radio sonaba una canción de Mika. Me dejaste y así me quedé, cantaba. Sin gloria, sin amor, sin final feliz. Volví a pensar en Bárbara. Me sentí otra vez extraña, como en la tina.

Volví a pensar en Bárbara. Tuve otra vez ese sentimiento que había tenido en la tina. Volví a sentirme extraña.

–¿Estás bien? –me preguntó, con voz cariñosa.

–Sí –mentí.

–Me alegro, porque hemos llegado.

Bajamos en un hotel de lujo. Lo conocía de nombre, pero nunca había imaginado que iría. Me abrió la puerta uno de los empleados del hotel, vestido con traje y cortaba. Entramos al hotel y todas las miradas se centraron en nosotros. No pude evitar ponerme nerviosa. No es fácil tener miradas encima, menos cuando son de la alta sociedad. Pensé que había hecho muy bien en no ser majadera y cambiar los jeans por el vestido negro.

Nos sentamos en una mesa. Vino un señor con corbata de moño y nos sirvió agua en dos copas. Nos alcanzó el menú. Decidí ir por un pescado. Daniel pidió lo mismo.

—¿Para tomar? —me preguntó, mirándome con complicidad.

"Cataratas de champagne, por favor, muchas gracias", pensé y me reí sola.

Daniel me entendió enseguida y pidió la mejor botella de champagne para los dos.

Con el champagne en la mesa y la mano de Daniel jugando con la mía me fui relajando, empecé a disfrutarlo.

—Me encanta tu vestido.

—Lo compré en esta tienda fina cuyo nombre no recuerdo. La que está por el departamento —respondí, dejando claro que el champagne comenzaba a afectarme la memoria.

Daniel soltó una carcajada.

—Ya sé cuál es, pero tampoco recuerdo el nombre. De cualquier modo, hiciste una muy buena elección.

—Fue curioso porque la bolsa sola ya parecía finísima. Caminaba por la calle sintiéndome una mujer elegante. Tanto así que unos chicos que pasaron me silbaron y todo.

Levanté la mirada y me encontré con su cara seria.

—¿Qué chicos?

—Ay, Daniel, no sé, chicos que no conocía, no tiene importancia.

El mozo trajo los platos. Hizo una venia y se fue.

—No, no la tiene. Pero me ha dado una idea —murmuró, probando el pescado.

Yo no quise empezar todavía.

–¿Qué idea?

–Este pescado está delicioso. ¡Pruébalo, Micaela, no sabes lo que te pierdes!

Me di cuenta de que no tenía sentido discutir en ese momento.

Cuando terminamos, Daniel arrimó su silla hacia mí. Se acercó y me besó en los labios. Las miradas de la gente alrededor se hicieron más intensas. Noté que a él también le incomodaba un poco. Pero no lo hacía notar tanto como yo. Creo que por la fama estaba acostumbrado a que lo mirasen. Me pasó una mano por los hombros y comentó algo sobre la decoración del hotel cuando de pronto me murmuró al oído.

–Hay una cámara que nos está filmando. No te muevas. No pongas cara de sorprendida. Finge que estoy hablando de cualquier otra cosa. Están afuera del hotel. Nos están filmando a través del vidrio. Estás preciosa, así que actúa natural.

Miré de reojo afuera del hotel y vi una cámara haciéndonos fotos. No nos filmaban, solo hacían fotos.

–Nos vamos en cinco minutos, antes de que vengan más cámaras.

Miré a Daniel. Miré a mi alrededor. Daniel era un hombre famoso, estábamos en un hotel de lujo, muy llamativo, lleno de gente de moda. Él era un tipo muy inteligente como para que se le escapase un detalle así.

–Sabías que esto pasaría –le dije.

Me miró a los ojos y sonrió. Sentí el flash disparar una vez más hacia nosotros. Su actitud me lo confirmó. Su sonrisa me derritió.

–Lo hiciste a propósito –murmuré, con una media sonrisa involuntaria.

Estiró el brazo para alcanzar su copa de champagne:

–Tal vez. Solo quiero que Bárbara entienda que debe dejarme ir. A veces ya no sé cómo hacer.

Lo miré tomar champagne y sonreí sin saber que esas fotos serían el comienzo de los celos de Bárbara.

cuarenta y siete

Vi que Bárbara abría la puerta y bajaba y tosía por el humo que salía del motor de su auto. Por un momento imaginé que el auto estallaba en llamas y ella se quemaba y un escalofrío me recorrió la espalda. Vi que el señor de la camioneta también bajaba junto con una señora que parecía ser su mujer. Ambos le preguntaron a Bárbara si estaba bien y ella se llevó una mano al pecho, llorando. Quizá por vergüenza, quizá por pena a su auto. Quizá sentía que se acababa de estropear el último recuerdo de Daniel. Acababa de estropearse el símbolo del poder que ella había tenido sobre ese hombre al que amó alguna vez.

Entonces sucedió algo que me desconcertó. Bárbara volteó hacia donde yo estaba parada y comenzó a caminar en mi dirección. Me quedé paralizada, con las rodillas temblando, viendo su rostro desencajado, el mentón apretado.

Me quedé parada donde estaba. Estaba viniendo hacia mí. Este era el momento de la verdad. Lo que sea que había querido cuando me atormentó en el departamento de Daniel, se resolvería ahora.

Se paró a un metro de mí.

—Solo quiero hablar —me dijo, frunciendo el ceño, mirándome fijamente, como si estudiara mi rostro.

Me encogí de hombros, como invitándola a hablar primero. Tenía un pantalón de vestir ajustado y un polo gris escotado. Tenía los pechos bien formados, pero tuve la impresión de que eran operados.

—Debí decirte esto antes —me dijo y sonrió sin ganas.

Su sonrisa me pareció una mueca de locura absoluta. Acababa de perseguirme en su auto, había chocado. No era momento para sonrisas.

Dio un paso más hacia mí y pude ver su rostro alargado, las mejillas levemente hundidas, como si hubiera perdido peso desde la última vez que la vi por televisión. Miré la pequeña herida sangrando que tenía sobre la nariz. No parecía importarle. Vi el reloj y las pulseras de oro en sus muñecas.

—Creo que solo es cuestión de que nos entendamos tú y yo —dijo y volvió a sonreír.

Me quedé en silencio. La escena me desconcertó por completo. La pareja con la que Bárbara acababa de chocar hablaba por teléfono con alguien. No entendía por qué sonreía. Lo atribuí a su trastorno de personalidad y a la crisis de la que me había hablado Daniel. Ella se quedó mirándome y supongo que mi actitud la obligó a usar palabras más precisas para darme a entender lo que quería decirme.

—Dime cuánto quieres y te doy el dinero —soltó una frágil carcajada—. Dime la cantidad que quieras, pero tienes que abortar y desparecer para siempre de la vida de Daniel.

Luego empezó a reír desenfrenadamente y yo retrocedí

unos pasos. Me quedé sin aire. Sentí que la cara se me ponía roja. Sentí que esto era más que una crisis. Que iba más allá de una personalidad bipolar o dependiente.

Entonces dejo de reír y me miró con los ojos muy abiertos.

–Háblame, Micaela.

Su mirada fue cambiando y de pronto vi una enorme tristeza en sus ojos. Vi cómo de ellos comenzaban a salir lágrimas.

–Antes de que tú aparecieras en nuestras vidas, él y yo hacíamos vida de esposos. No era como al comienzo, pero él me trataba como su esposa y me quería mucho. Puedes preguntárselo a quien quieras, todo Lima lo sabía.

Sabía que no debía hablarle, pero tuve ganas de decirle: "¿Ya, pero tenían sexo? ¿No sabías acaso que después de estar contigo Daniel tuvo otras mujeres? Claro, como eran amantes en la sombra te tenían sin cuidado. ¿Y tú? ¿No tenías tú amantes en la sombra?".

–Pensé que se cansaría de ti, como se cansó de las otras –hizo una pausa y miró al cielo. Un gesto de rabia se dibujó en su cara–. Luego la inútil de María Emilia... no sé para qué la llamé, si toda la vida ha sido una egoísta.

Seguí en silencio, perpleja.

–Bueno, dime la cantidad que quieras y arreglemos –dijo Bárbara, mostrando una sonrisa forzada–. Te daría la plata en un cheque. Te podría contactar con un médico para que te haga la intervención. Sacas una cita, me dices el día y nos encontramos en la clínica. Te doy el cheque cuando estés a punto de entrar al consultorio. Después de eso, le dices a Daniel que perdiste al bebé y te alejas para siempre de su vida.

–No, Bárbara. Yo amo a Daniel y no voy a dejarlo ni a abortar aunque me ofrezcas todo el dinero del mundo.

El rostro de Bárbara pasó de risueño a desconcertado. Había estado segura de que yo aceptaría el dinero. Vi odio en su mirada, pero también vi terror. No pude seguir mirándola. Giré la cabeza hacia un lado y vi la camioneta de Daniel estacionar al lado nuestro. Detrás de él venía una patrulla de policía.

Daniel bajó del auto con un arma en la mano. El corazón se me encogió. Supe que era el revólver del que me había hablado. No apuntaba hacia nadie. Parecía calmado. Como si no le tuviera miedo a Bárbara. Como si hubiera esperado encontrar una escena mucho más crítica. Vi que miraba a la pareja con la que ella había chocado y le hacía una señal de agradecimiento. Me di cuenta de que eran amigos o al menos se conocían y ellos lo habían llamado por teléfono. Respiré hondo. Sentí que estaba a salvo.

Bárbara volteó hacia Daniel. Hizo algo que me sorprendió. Extendió los brazos haciendo un puchero. Daniel la miró de medio lado, como desconfiando. Bárbara lo miró expectante, con una mirada angelical. Moví la cabeza de un lado a otro, como presintiendo lo peor. Daniel se puso el arma en el bolsillo posterior del pantalón y se acercó lentamente. Yo abrí mucho los ojos, tuve ganas de gritarle que se detuviera. Él se acercó y ella la abrazó por largo rato. El policía bajó de su patrulla. Se llevó una mano a la cintura, como preguntándose qué significaba todo eso.

Entonces ocurrió lo que temía que ocurriría. Daniel no había visto la escena de la muñeca colgando en mi ventana ni de la persecución ni del chantaje. No sabía en el estado crítico que estaba su esposa. No sabía que su vida corría peligro.

Bárbara sacó el arma del bolsillo de Daniel. Vi que él se replegaba, esperando que le apuntase. Contuve el grito, caí sobre mis rodillas y antes de cerrar los ojos vi cómo Bárbara se apuntaba en la sien.

cuarenta y ocho

Era de día. Estaba caminando por mi antiguo barrio. Caminaba cerca de la casa de mis padres, dudando si tocarles o no el timbre. Queriendo, pero sabiendo que la pelea aún estaba muy fresca y quizás era conveniente dejar pasar más tiempo.

Mi antiguo barrio era noble. Con historia. Con edificios lindos y otros antiguos. Con el malecón cerca. Con un famoso parque donde había gente vendiendo cosas raras. Gente que vendía pulseras, hechas con hilos de colores. Gente que cobraba por hacer un retrato en lápiz en veinte minutos. Gente que vendía sombreros de todo tipo, hechos a mano. Gente que podía escribir tu nombre en un grano de arroz.

Paseé por ahí recordando otras etapas de mi vida. Admirando el arte de esas calles. Mirando de lejos los bares a los que iban los turistas a tomar cerveza y pisco sour. Sentí el olor del mar. Vi los gatos en la puerta de la Iglesia. Lloré un poco por dentro, aunque por fuera sonreía. Sentí que el amor me había llevado por otros lugares más finos pero no tan encantadores. Por algo había vuelto a ese lugar: en el fondo lo extrañaba. Me gustaba caminar por las calles mirando a los ojos a toda esta gente que vivía de su arte y que a veces me hablaba en inglés, confundiéndome con una extranjera. Me gustaba pasar del hotel refinado de la noche anterior, de mi tina blanca de mármol, a que nadie me reconociera y me hablaran con cariño, sin saber que estaba saliendo con el actor famoso que seguramente habían visto en una película.

Estaba distraída en este mundo que no había dejado de ser el mío cuando una anciana con un pañuelo verde en la cabeza se me acercó y me tomó de la mano. Me sorprendí tanto que me asusté. Pensé que era una ladrona y quería robarme. El corazón comenzó a palpitarme cuando comprobé que no había soltado mi mano.

—Veo a un hombre —me dijo y noté que no tenía dientes.

Comencé a temblar.

—No me tengas miedo, niña. No vengo a herirte, solo vengo a advertirte. Veo a un hombre en tu vida. Un hombre muy poderoso. Está muy cerca de ti. Es un hombre famoso, con dinero, que te quiere. Pero veo mucho peligro en tus ojos, niña, déjame que te hable.

Me quedé paralizada. No pude esconder el miedo. Desconfié. No sabía si debía darle dinero para que se fuera. Pero sus palabras me tocaron. Decidí escuchar.

Nos sentamos en una banca de madera. Le extendí mi mano con la palma hacia arriba. Ella tomó mi mano, pero me miró a los ojos. Su cara estaba llena de arrugas, sus ojos parecían tristes, acuosos. No tenía casi dientes y llevaba una falda larga y unas sandalias desgastadas.

—No necesito mirarte la palma de la mano, niña. Me basta con mirarte a los ojos. Veo a un hombre, pero también veo a una mujer. Veo una nueva vida. Veo mucho dinero en juego. Veo una gran pelea. Veo una ruptura. Veo codicia. Veo maldad. Pero también veo amor. Veo... –hizo una pausa como si dudase si decirlo –mucha tensión sexual.

Cerró los ojos como si se concentrara en sus pensamientos.

–Eres una mujer muy fuerte. Eres obstinada. Eres dura de pelar.

Me incliné hacia atrás, como si los elogios comenzaran a ser demasiado.

–Lo que yo vengo a advertirte, niña, es que vas a vivir una guerra. Y no debes dar un paso atrás. Si no abandonas el juego, tú vas a ganarlo. Cuando esa mujer se vaya, volverá la calma.

De pronto hizo un silencio. Como si se hubiera callado a propósito. Como si hubiera tenido más que decir, pero a partir de ese punto las palabras costaran dinero. No quise saber más. Las manos callosas de la mujer me provocaban escalofríos. Su boca sin dientes y la certeza con la que decía cada palabra me hizo pensar que a lo mejor era una charlatana. Abrí mi billetera y saqué un billete de veinte soles. Se los di. No porque hubiera creído en sus palabras, sino por miedo a que me hiciera brujería. No sabía si lo que decía era verdad, pero sí sabía que debía darle dinero.

Cuando llegué al departamento, me senté en la computadora a leer las noticias. Di un pequeño salto en la silla cuando vi mi nombre entre los titulares de Espectáculos:

DANIEL HALL ESTÁ ENAMORADO

Le hice click a la noticia para leerla completa. Apenas la abrí aparecieron las fotos que nos habían tomado hacía unos días comiendo en aquel hotel lujoso. Eran cuatro fotos. En dos de ellas salíamos mirándonos a los ojos, sonriendo, y en las otras dos, él me hablaba al oído con su mano sobre la mía. Se nos veía cariñosos. Me sorprendió la claridad con la que las fotos revelaban que estábamos enamorados. De pronto, todas esas pequeñas dudas que había tenido sobre mi mudanza y sobre los dos se despejaban. Leí la noticia:

"Parece que al famoso Daniel Hall lo flechó Cupido. Hace dos noches, en el Hotel Palace, y a pesar de las miradas de los presentes, no se cohibió a la hora de demostrarle su cariño a esta bella joven. Según hemos averiguado, se llama Micaela García y es fotógrafa de la revista *Modas*. ¿Será que fue ella quien le hizo las fotos para la entrevista que Daniel dio a la revista hace unos meses? ¿Qué tiene esta chica misteriosa, que ha despertado en Daniel tanto romanticismo? Pero sobre todo, ¿qué dirá su esposa Bárbara de la Vega?"

cuarenta y nueve

El avión despegó y sentí cosquillas en el estómago.

Llevaba una maleta pequeña con dos o tres pantalones y mi vestido negro elegante. Nada más.

Pensé en llamar a mis padres una vez que llegara a Nueva York. Todavía no me habían llamado. Así que tal vez yo debía llamarlos.

Me fijé en las aeromozas que caminaban por los pasillos. Por alguna razón, me pregunté cuáles de ellas tendrían hijos. Me puse la mano sobre el vientre. Luego tomé un papel y un lápiz y escribí:

1. *Si me da mucho miedo el parto natural, ¿puedo elegir hacerme cesárea?*
2. *¿Cómo sé que ya es tiempo de dar a luz? ¿Qué tan seguidas son las contracciones?*
3. *¿Cómo son las contracciones?*

Cerré los ojos y recordé a Bárbara llevándose la pistola a la cabeza. Recordé la cara de Daniel en ese instante, los ojos azules pasmados, los labios abiertos, como si fuera a decir algo. Vi otra vez al policía que corría para tratar de detenerla y llegaba tarde. Vi caer al suelo el cuerpo de Bárbara. Me había puesto a llorar y me había tapado la cara con las manos.

Volteé a mi costado y lo observé. Estaba sentado a mi lado, con la cara apoyada en el puño. Tenía los ojos clavados al frente, como perdidos. Sintió mi mirada y se volvió hacia mí. Me tomó de la mano.

Una semana después del suicidio de Bárbara, Daniel y yo habíamos decidido que no queríamos vivir más en esa ciudad. Queríamos una nueva vida, dejar atrás los malos recuerdos, el rencor, la culpa. Él había conseguido un papel importante en una película, y yo había conseguido que me mandasen de corresponsal de la revista. Supongo que la noticia del suicidio de Bárbara y la importancia que había cobrado mi relación con Daniel Hall había ayudado.

Cuando la aeromoza pasó a mi lado pedí una copa de champagne. Él me miró con gesto divertido y pidió otra para él.

–Solo una –le dije, mirándolo a los ojos.

Él me sonrió con gesto triste. Apoyó su frente a la mía y nos quedamos un rato así. La aeromoza trajo las copas de champagne. Él levantó su copa y me miró a los ojos. Vi amor en ellos. Sentí que a pesar de lo ocurrido, íbamos a recuperarnos. Levanté la mía.

–Daniel –murmuré–. Si es hombre quiero que nuestro hijo se llame Daniel.